suncolor

suncolor

人魚的泡沫之戀

1 紅鱗傳說

顎木あくみ 著／徐欣怡 譯

suncolor 三采文化

目次

介紹

天水朝名

十六歲，現正就讀夜鶴女子學院。

天水家長女，卻受家人鄙視，總是隨身攜帶一雙黑色蕾絲手套。

天水光太朗

朝名的父親。經營藥商，從常備藥到稀有藥物皆有販售。

天水桐子

朝名的母親。外貌看起來很年輕的美人。

天水浮春

朝名的哥哥。幫忙家裡生意。

日森杏子

朝名在夜鶴女子學院的同班同學。日森家過去曾與時雨家聯姻。

湯畑智乃

愛慕朝名的學妹。

人物

時雨咲彌

二十三歲，留學歸國的夜鶴女子學院國文教師。名門望族時雨家的庶次子，一頭黑髮總用設計精巧的蝴蝶髮簪固定。

時雨濱彥

咲彌的爺爺。熟知時雨家的傳說。

時雨厚士

時雨家的家主。咲彌的父親。

津野羽衣子

咲彌的母親。與咲彌兩個人過活。

火之見深介

咲彌從中學時期就認識的朋友，兩人已有十多年交情。出身名門，有道德潔癖，個性認真。

序章

八年前的那一天，至今仍歷歷在目。

當時八歲的朝名，蹲在家附近的巨大樟樹下哭泣。旭日初昇沒多久，初夏的早晨。即使是露珠沾濕的鮮亮新綠，冰涼爽朗的微風，都沒能照亮朝名內心的黑暗。

「這是一次很好的教訓，妳有一天也會變成那樣。」

哥哥投射過來的冰冷目光，讓朝名彷彿頭部狠狠挨了下重擊。因為內心太過衝擊，等朝名回過神來，才發現自己已跑出家門。

「不是……不是的，我不是。」

早已哭腫的雙眼，依舊不斷湧出淚水。朝名抽噎地哭著，一個勁兒摳自己的左手手腕。如鱗片般噁心的紅色斑紋，從左手手腕到手背，宛如纏繞著繩子般的螺旋狀紅痕，淺淺浮現在白皙的皮膚上。

自從這道斑紋出現在手腕上，家人就全變了。爸爸和哥哥輕蔑地叫朝名「怪物」，對待她的粗暴態度如同面對物品一般，而媽媽的視線再也不看向她了。都是因為這道斑紋，所以只要沒有這道斑紋就好了。

「討厭、討厭，我討厭這樣。」

朝名啜泣到幾乎都要嘔吐了，同時拚命用指甲摳手腕，想要除掉那道斑紋。沒多久，皮膚上有斑紋的地方就滲出豔紅的鮮血，血愈冒愈多。

我不是怪物，我才不想變成怪物。這樣還不夠，不夠，要更用力，更徹底，讓傷口更深，深到無法治癒，讓斑紋消失才行。

只要這道斑紋消失了，一切又能回復原狀。爸爸和哥哥會恢復原本溫和的性格，不再是滿心貪婪的模樣，媽媽也不會對朝名視而不見，會再次呼喚自己的名字。

一定、一定是這樣。因為如果不這樣的話——朝名因肌膚撕裂的痛楚冒冷汗，心臟也怦怦直跳。左手手腕已血跡斑斑，連摳左手的右手指甲都被血染紅。

「消失吧，拜託。消失、消失、快消失吧。」

朝名哀號似地叫喊、抽泣時，身旁忽然出現一道人影。

「妳傷得好嚴重……」

是個陌生年輕男性的聲音。朝名驚愕地抬頭望去，一位身穿學生制服的高䠷少年，正睜大雙眼低頭看向蹲著的朝名。

（怎麼辦？）

被陌生人看見了！他一定會覺得我很奇怪。朝名愣在原地，少年拋下一句「妳等我一下」就慌張跑開了。

過了一會兒少年回來時，手上拿著一條白色的濕手帕。

「把手給我。」

少年毫不猶豫地拉起朝名滿是鮮血的左手。

「不……」

朝名不想被人觸碰，立刻縮回手。一個不小心，指甲尖劃過少年的手。

「啊，抱、抱歉。」

「沒關係。」

少年沒流露出一絲痛楚神色，也沒有責備朝名，只是用沾濕的手帕一點一點地擦拭傷口四周的血。朝名望著那副真摯神情和怕弄疼自己的輕柔動作，原本想抵抗的心情也煙消雲散了，她無法拒絕這份已無法從家人身上獲得的親切和溫柔。

少年擦完血後，從隨身攜帶的包包裡掏出一個裝著藥膏的鐵灰色扁平金屬盒，伸手就拿給朝名看。

「我要幫妳塗這個，這只是普通的藥膏，妳放心。」

朝名曾在家裡看過這種藥，便順從地點點頭。

「真是的，我從來沒像今天這麼感謝我那位容易受傷的脫線媽媽。拜她所賜，我現在才有辦法幫妳處理傷口。」

少年替滿布傷口的手塗好藥，蓋上潔白的紗布，又仔細纏上繃帶。

朝名的大腦一片空白，只是一直注視著他。明亮有神的雙眼及薄唇，從制服帽下露出來的頭髮漆黑如墨、富有光澤。不過最引人注目的還是用髮簪固定住的一頭長髮。

（明明是個男生……）

這年頭除了舞臺表演之外，朝名從沒看過男生結髮。更何況那支髮簪還設計精美，綴有女生喜愛的蝴蝶裝飾。

儘管感覺有點奇特，但少年端正精緻的面容，與華美纖細的髮簪看起來十分相襯。

（真美。）

朝名看得出神時，傷口就包紮好了。少年輕聲說句「這樣就行了」，朝名才回過神來。

「很痛吧。暫時可能還會滲血出來，妳要多注意喔。眼睛也腫成這樣──」

少年纖長的手指輕柔撫過朝名紅腫的眼角。

「……沒事，我沒關係。」

朝名將頭轉向旁邊，少年的表情蒙上一層憂傷。

「妳……」

少年的話說到一半，又開始翻找包包。繼紗布、繃帶和藥膏之後，他從包包取出的是一雙黑色蕾絲手套，款式時髦又高雅。

少年分別幫朝名的右手和纏著繃帶的左手戴上手套，接著露出美麗的微笑。

「雖然大了一點，不過妳戴起來比媽媽更合適，那就送妳嘍。」

少年略顯躊躇地把手放在朝名頭上，那雙手又大、又溫暖。原本已經止住的淚，又幾乎要滑落。

「妳別哭……不對，一直忍耐不好，偶爾哭一下沒關係。但別忘了，笑容是最棒的。」

「……笑容？」

「對。聽說幸福會降臨在笑口常開的人身上，我這句話只是現學現賣而已。不過，妳難過時就痛快哭一場，哭完再笑口常開就好了。」

少年鼓勵她的方式略顯生硬。但那種笨拙不知為何強烈震盪著朝名的內心，她聽話地點點頭。

當時的朝名內心很清楚，人不會因為笑容就變得幸福。但她想試著去相信，唯一對自己溫柔以待的他所說的這句話。

第一章

提親對象

放學後，初夏微熱的夕陽從窗外灑落。木頭地板及天花板散發出淡淡的潮濕木頭味，四周是白色灰泥牆壁。兩人座的狹長木頭書桌和處處是倒刺的木椅排得井井有條，正前方殘留擦拭後白色痕跡的黑板彰顯著自身存在感。

設在帝都一隅的五年制高等女子學校——夜鶴女子學院的教室，今天也和平常一樣鬧哄哄的，有如繽紛鮮花般的少女們正熱烈聊著天。

「妳們聽說了嗎？今天新來的那位老師！」

「聽說了，聽說了。要來幫前幾天留職停薪的富田老師代課的對吧？」

「哎呀，如果是幫富田老師代課的話，從下禮拜開始我們也是那位老師的學生嘍？我已經等不及了。」

這一天的話題全都集中在新上任的國文教師上。

天水朝名一邊用戴著黑色蕾絲手套的手將教科書和筆記本收進書包，一邊聽朋友的談話內容。她雖然會待在聊天的人群中，卻不會積極加入談話，平時的她多半都在聆聽。

「老師叫做時雨咲彌，是時雨家的公子。從以前就跟我家很熟。」

「哇！」

「說到時雨家，是以前曾貴為君主的名門世家吧？」

「而且時雨老師啊，直到最近都還在國外留學，非常優秀，才二十三歲。還有啊，聽說他是位連劇場小生都要自嘆不如的美男子，這消息是真的嗎？」

「對，是真的。」

哇啊啊啊，女孩們興奮又克制地尖叫。

夜鶴女子學院是富裕家庭千金就讀的學校，這群少女們正值對戀愛充滿好奇的年紀，一個個都對前途無量的男性毫無抵抗力。

因此這類的話題必定會激發熱烈討論，有時提起誰家的男性親戚，或是在車站看見的男士，這些都是習以為常的畫面。

（不過，這些事跟我沒什麼關係就是了。）

朝名心想，在臉上堆出討人喜歡的笑容，時而回個「哦」或「哎呀」，適切地應和著就夠了。

結果——「真意外！朝名，妳也對時雨老師感興趣嗎？」圍成一群的同學中，其中一名同學向朝名拋出問題。

朝名其實只是隨意做出合適的回應，但不知不覺中好幾人的目光都集中到朝名身上。

「其實……」

朝名其實對自己要和誰結婚不感興趣。反正也只能乖乖聽家裡的，那種爸爸和哥哥選擇的對象，肯定也不會是什麼好對象。因此，她對這位新上任的老師提不起一絲興致。

朝名無奈地笑笑帶過，隻字不提自己剛才根本沒認真聽的事。

「畢竟，換新老師會影響到課業和考試吧？」

萬無一失的答案，讓周遭眾人都失望似地皺起眉。只有一個人傻眼地笑了，輕捶朝名上臂。日森杏子，是朝名相對要好的朋友，也是班上的核心人物。剛才說自己和傳聞中的時雨老師，還是叫什麼的有來往的人，也是她。

「呵呵。朝名，妳還是這麼認真吔。」

「沒那回事。大家都會在意課業吧？」

朝名側著頭，杏子噗哧一笑。

「在意是在意，但沒像成績優秀的妳這麼在意嘍。」

「咦？」

「朝名，難怪大家這麼敬佩妳。」

「杏子，別拿我開玩笑了。」

「玩笑？」

「比起我，杏子妳才是大家憧憬的對象吧。我哪裡比得上妳。」

杏子是夜鶴女子學院的瑪丹娜，氣質宛如大朵牡丹花的嬌柔美女，總之就是非常引人注目。而且，她不管做什麼都很出色，家世也無可挑剔。還願意和不多話的朝名友好相處，經常是人群焦點，是個一切都很完美的少女。

（跟我完全不同。）

朝名只不過戴著一副優等生的面具而已。一張臉總是蒼白無血色，連融入大家的話題都沒辦法，只能努力用功裝出優等生模樣的朝名，跟杏子是截然不同。實際上，那些朋友聽了朝名的話，也頻頻大幅度點頭。

杏子見狀，神色為難地笑了。

「朝名，妳說得太誇張了。我只是做好能力所及的事而已。」

這句話從杏子口中說出來完全不會惹人厭，這才是最厲害的地方。朝名真心佩服。

杏子束起的長髮烏黑亮麗，肌膚是光滑的象牙色，嬌小嘴唇是恰到好處的嫩紅色。天生麗質，這個形容詞說的大概就是她這種人。

杏子身穿珊瑚色單衣❶和學校規定的深藍行燈袴❷，服裝明明和其他人沒有顯著差異，但是什麼緣故呢？她看起來就是氣質出眾，優雅美麗。

「欸，大家。待會兒要不要一起去新開的冰果室？」

氣氛正熱烈時，一名同學提議。

「好吔！是那間泡芙很好吃的店對吧？」

「那家店我早就想去看看了。」

「我也是。杏子、朝名，妳們一起去嗎？」

面對紛紛附議的朋友，杏子笑容滿面地點頭。

「當然一起去！朝名，今天妳也會去吧？」

朝名被點名問到時，只是搖了搖頭。

「抱歉，我不能去。」

現場原本興高采烈的氣氛頓時安靜下來。

（啊啊，真抱歉。）

大家正沉浸在歡樂氛圍中，自己卻潑了冷水。朝名尷尬地抱起收拾好的書包，朋友們帶著遺憾的目光刺得她內心愧疚。

「怎麼這樣，朝名，真的不行嗎？」

特別是杏子，漂亮的眉毛都下垂成八字形，一臉失落地追問。朝名再次向她說聲「抱歉」。當然，這次也沒忘記掛上惋惜的笑容。

「……我家裡有事。每次都沒辦法參加大家的聚會，我心裡真難受。」

「那週末去看戲怎麼樣？假日的話，妳家人也會答應，對吧？」

朝名內心感激朋友的好意邀約，但這個邀約是不可能實現的。

「對不起。大家好好去玩，再告訴我感想喔。」

朝名說完「拜拜，明天見」就逃也似地離開教室。

背後傳來朋友的小聲議論：「她還是不行來」、「每次都是這樣吧」、「真想多跟她聊聊」、「她就是這樣神祕，叫人更好奇」。

這簡直是天大的誤會，自己並不是神祕，只是沒有自由而已。

朝名挺直背脊，朝一樓入口前的鞋櫃走去。

「拜拜。」

---

❶單衣：沒有底布，薄而不透的和服，主要是六月到九月穿著的季節性和服，時常搭配袴。

❷行燈袴：明治時代的教育家下田歌子發明供女性用的行燈袴，結構則是前後兩片式的打摺裙子。現代女性弓道服、昭和初期女學生制服及現代女大學生畢業服，都是這種行燈袴。

「嗯，拜拜。」

「朝名，明天見。」

「拜拜。」

朝名走在走廊上時也一樣，只要有人打招呼，她都會親切回應。於是，大家都會朝她揮手、點頭致意。

朝名把室內穿的草鞋換成室外鞋，走出校舍。

（我記得今天出門前，哥哥說有事要說。）

朝名想起這件事，不由得嘆了口氣，剛才朝名說自己有事並不是在撒謊。爸爸常出門談生意，年紀相差懸殊的哥哥便兄代父職，他今天難得交代「我有事要告訴妳，今天早點回家」。要是不聽話，不曉得會發生什麼事。

朝名注視著遠方西下的太陽。

「唉……」

「姐姐。」

朝名再次嘆氣時，身後突然有人叫她。

「姐姐，姐姐。妳現在要回家了嗎？」

原本在背後的聲音來到身旁。朝名又揚起笑容，詢問那道聲音的主人。

「對。智乃，妳也是嗎？」

「是啊，真巧呢。」

看向朝名臉龐的是一名體型嬌小的少女，衣袖如蝴蝶般惹人憐愛地翩翩飄動。稚氣未脫的容顏，圓圓的大眼睛，綁成瑪格麗特髮型❸的咖啡色頭髮，更增添甜美氣息。

這名不怕生的學妹名叫湯畑智乃，朝名也是最近才知道她的名字。她經常主動找朝名攀談，假裝碰巧遇見的樣子，但想必有在打聽朝名的行動吧。

「那個，姐姐。妳願意收下這個嗎？」

智乃從懷中掏出一封裝在美麗淺色信封裡的信。雙頰微紅遞出信的學妹，就像棉花糖一樣甘甜、可愛。

朝名接過那封信，朝她微笑。「謝謝。」

---

❸瑪格麗特髮型：明治時代女學生流行的髮型，適合搭配浴衣。有各種形式，基本原則是紮成辮子，再把辮子綁成環形固定。

「還有……姐姐，上一封信裡問的事，妳考慮過了嗎？」

智乃神情害羞地仰望自己，這讓朝名又是一陣胸悶。上次她的信中寫滿了對朝名深切的愛慕與敬仰，最後又說，希望朝名成為智乃的「S」❹。

「對不起，我不打算和任何人成為那種關係。」

「這樣呀……沒關係，我原本就猜到會這樣。只要妳允許我叫妳姐姐，智乃就很幸福了。謝謝妳回答我。」

智乃臉上一瞬間閃過極為失望的神情，但又立刻找回開朗的笑容。

「那姐姐今天接下來要做什麼？如果可以，要不要一起去喝茶——如果我說想去姐姐家，會不會造成妳的困擾？」

「咦……？」

原以為她會立刻知難而退，沒想到她相當固執。朝名拚命搖頭，一起相約去某處就算了，邀請她來自己家是絕對不可能的。只有家裡，真的沒辦法。

「那個，有一點……抱歉。我今天家裡有事得早點回去。下、下次見。」

「啊……這樣呀？我才是，抱歉。」

學妹雙肩驀地垂下，朝名見狀後更覺得抱歉。

（要是我不是——的話……）

難得有人仰慕自己。如果能和智乃更要好，不時去彼此家聊天，一定會很開心吧。還有那些同學也是，真想跟她們一起去咖啡廳和冰果室，一起去看戲，相互分享感想。但那是絕對不被允許的。

朝名內心鬱悶地向智乃道別，智乃流露出寂寞氣息的身影，又讓朝名的心情直往下沉。朝名穿過校門，坐上來接送的自家汽車。她一坐穩，方才一直努力維持的優等生面具就脫落了。

（我就是個空殼吧。）

汽車發動，窗外景色不斷流動。轉眼間，汽車就追過了剛才先離開學校的同學們。

（她們看起來好開心。）

那些同學穿著相同顏色的袴，一邊談笑一邊走在路上。相比之下，隱約倒映在窗戶上的

❹在大正時代到昭和初期流行於女學生之間的特別關係，取自「SISTER」的第一個字母。互為S的兩人，學妹會稱呼學姐為「姐姐」，是比普通學姐學妹更親密的關係。

是自己蒼白乏味的臉。

朝名低下頭，無聲地嘆息。一縷髮絲從編成辮子再盤起的髮型輕飄飄地垂落。

在和洋交融的華麗帝都，富裕的名門望族宅邸都聚集在山側。其中有一棟特別引人注目的寬廣木造平房，那座宅邸就是朝名該回去的地方——天水家。

天水家從好幾百年前就從事藥材生意，積攢了龐大財產。一開始從小藥販起家，順應時代調整商業模式，現在則經營藥商。藥商會收購國內的各種藥材，再批發給藥局或商店來賺取利潤。

天水家銷售的品項五花八門，從一般常備藥到連醫師也極少使用的稀奇藥物都有。因為這個緣故，天水家儘管沒有爵位，私底下卻有許多政商界顧客，人脈網絡堅實。

主力商品是名為「人魚之淚」的萬能藥，這種特殊藥物只有天水家在賣，無論製造場所或方法都受到嚴格保密。當然，萬能藥只是宣傳噱頭，實際上並非萬能。

只是，乍看之下平凡無奇的透明液體「人魚之淚」，可以在身體不適時內服，也可以滴在擦傷或割傷的外創傷口上。只要喝一點點，疾病或傷勢就會恢復快速，讓身體狀況好轉。

這些宣傳詞加上實際功效，博得了許多好評。所以即使價格不菲依然成為長期暢銷的主力商品，多家藥局紛紛進貨，為天水家帶來龐大財富。只是大多數人都不曉得隱藏在背後的祕密。

「我回來了。」

朝名一進家門，正好看見穿著菖蒲圖案單衣的媽媽桐子，出現在走廊上。

「媽媽，我回來了。」

但朝名打招呼的聲音就像什麼事都沒發生過似的，被徹底無視了。比實際年齡看起來年輕的美麗媽媽，連瞥都沒瞥一眼就直接走過去，就像那裡沒有人一樣。

（果然不行呀。）

朝名用右手按住包裹在蕾絲手套下的左手。就在她這麼做時，媽媽的背影消失了。

朝名大大地嘆了一口氣，重新打起精神，回到自己兩坪多的狹小房間放好東西，就去廚房問僕人，哥哥在哪裡。

「……少爺在別館。」

「這樣啊。謝謝。」

僕人連看都不看這邊一眼，但朝名仍開朗地向對方道謝，然後才踏著跟語調相反的沉重步伐前往別館。

朝名沿著戶外走廊走到別館，敲了下老舊的木門。別館只是說來好聽，實際上就是禁忌小屋❺。這棟小屋，完全是為了做一些見不得光，不能在主屋中進行的行為才會存在。

「哥哥，我是朝名。」

「進來。」

「……打擾了。」

一打開門的瞬間，一股混雜著霉臭味和腥臭味的獨特氣味撲鼻而來。昏暗的房中不算寬敞，左右兩面牆全是架子，上頭擺著許多玻璃瓶。

哥哥天水浮春打扮簡素，沒穿外褂或袴，正利用架子沒擺東西的空間，站著寫東西。

「哥哥，請問有什麼事？」

「妳的婚事已經決定了。」

朝名愣在原地，全身僵硬。

「咦？」

浮春的語氣太過隨意，而且不含一絲情感，朝名差點以為自己聽錯了。

（婚事……）

其實朝名早有覺悟，自己的未來在手腕出現斑痕時，就已經決定了。可是，她沒想到會這麼快，心跳不停鼓噪著。

「這樣啊……對方是之前就有在談的勝井子爵嗎？」

帝都屈指可數的大富翁，傳聞中背地裡有虐待癖好的勝井子爵。據說現年四十好幾的他曾結過婚，多年前妻子離世，現在獨自住在一棟大宅邸裡。

他的興趣特殊，渴望用大筆金錢換得天水家「特別的女兒」成為自己的第二任妻子。他提出的金額，相當於天水家四年分的收入。爸爸光太朗和接班人浮春都同意了，只要朝名一畢業後，就會立刻被賣給他。

話雖如此，目前還只是口頭約定的階段。爸爸和哥哥好像不滿意他提出的金額，想盡量抬高聘金，目前還在跟對方談判才對。

（我一直以為正式婚約還是之後的事。）

浮春聽了朝名的問題，搖了搖頭。

「不是，不是勝井子爵。」

---

❺禁忌小屋：當時的社會普遍認為月經期間的女性和經血是汙穢之物，所以有把正值月經的女性隔離到小屋中的習俗。

「那是……？」

「在最後一刻有人出了比勝井子爵多一倍的金額。我們看了條件，決定選擇新的對象，而且那個男人還願意入贅天水家。」

「入贅？」

「如果對方入贅我們家，就可以繼續讓妳幫家裡賺錢。而且聽說那男人精通外國語言，還能幫我們把銷售管道拓展到大海另一側，這麼好的條件可是打著燈籠都找不到。反正要是出什麼問題，讓他乖乖閉嘴的方法多的是。」

浮春的一字一句在腦海中飄浮，讓朝名感覺像在聽別人家的事。

（震驚到腦袋一片空白，就是這種感覺吧。）

天水家的正式接班人是浮春，這件事早就決定好了，因此原本是不需要女婿的。更何況，一般來說男性會抗拒入贅，朝名作夢都沒想到事情會變成這樣。

不過仔細想想，這些條件確實是對天水家十分有利。自己送上門的女婿不但能送來大筆聘金，天水家「特別的女兒」——朝名又能繼續留在手邊。

（難道，我會一直被關在這個家裡嗎？）

朝名忍不住仰頭嘆息。自從小時候手腕上浮現斑痕的那一刻起，朝名就成了人人忌諱的小孩，一直以來她都乖乖順從爸爸和哥哥的指示。

他們總說，因為妳很特別，是能為天水家帶來財富的存在。對朝名來說只剩下痛苦的生活，要一直持續到死為止，這樣的未來在斑紋出現的這一刻就決定了。

「妳要恨就恨生成這樣的自己吧。不過，這樣不是很好嗎？連妳這種怪物，身體也可以充分為這個家做出貢獻──來，工作吧。」浮春闔上帳簿，淡淡地說。

怨恨也好，嘆息也罷，朝名都束手無策。就算浮春不說，她也早已無數次怨恨、嘆息、疲憊、厭倦和死心，連一絲殘存的希望都不復在。

啊啊，真希望連同這個身體一起消失。她忍不住懷抱這種根本無法實現的願望。或者，乾脆變成一個愚蠢而超脫世俗的人，無論遭受多少折磨和輕視，只要能對家族有所助益就會喜極而泣，那樣該多輕鬆。

朝名為了隱藏斑痕而戴蕾絲手套的雙手此刻顫抖不已，她不停摩擦手心。

（妳不能哭，天水朝名。只要有那個人，只要有那一天的回憶就夠了，不是嗎？）

她並不期待有人來拯救自己。無論被迫與誰結婚，被如何惡劣對待，被罵怪物，被家人利用。

那一年的初夏某日，幫自己上藥的那個人，餽贈自己手套的那個人。只有他是發自內心地關心她，與他之間的回憶比任何事物都重要。那段回憶成為心裡唯一的依靠，支撐朝名活到今天。

「坐下。」

浮春一把抓住朝名的手臂，粗魯地讓她坐在滿是黑色汙痕的椅子上。哥哥拿著閃動鋒利光芒的針逐步靠近，朝名別開眼，安靜地脫下手套。

◆

週末，朝名被爸爸天水光太朗帶去相親，地點在帝都的知名高級料亭。對方似乎是天水家高攀不上的正統名門世家，這場相親既然涉及了有權有勢的貴族，看起來媒人也用心選過場地。

（但我什麼都沒聽說。）

朝名一無所知地看著料亭華美的玄關入口，那位要入贅到天水家的奇特男性，除了家世之外，朝名甚至連對方的姓名、年齡或職業都不曉得。

該不會是一名光聽名字就會讓人想逃婚，惡名昭彰的男性吧？還是光太朗和浮春嫌麻煩，沒特別提起而已呢？

不過，在這裡愁眉苦臉地猜想也是白費力氣。畢竟，就算真的出現一個大壞蛋，自己連逃跑的力氣也沒有。

今天的身體狀況極差，只要一鬆懈好像就要站不穩了。臉上無一絲血色，只好塗上厚厚的白粉及腮紅遮掩。就連是否能撐完漫長的相親，內心都有幾分不安。

（……畢竟都穿上和服了呢。）

今天是雙方第一次碰面，朝名穿著有白色山茶花圖案的華麗鮮紅振袖❻，雙手套上白色蕾絲手套，平常會紮辮子盤起來的頭髮，也改為在腦後綁成一束。爸爸穿著純絲綢製成的高級和服及袴，外面再套件外褂。

朝名和光太朗比媒人更早抵達，料亭的服務人員帶他們來到一間正對日式庭園的和室，庭園打理得優美宜人，翠綠松樹吸引住兩人目光。

❻振袖：未婚女性最正式的和服，有色彩斑斕的圖案及紋理，袖長介於三十九吋至四十二吋之間，會在參加成人禮或親友婚禮時穿。

「朝名。」

「是。」

才一坐下，光太朗就出聲叮嚀，朝名只是靜靜回應。

「妳千萬不要做出蠢事。妳的長相原本就差強人意，待會兒就把對方當成客人，拿出討人喜歡的態度來。人家可是我們好不容易才找到的貴客。」

光太朗蠻橫不客氣地說道。他一向都是用這種咄咄逼人的態度講話。

「……我會謹記在心。」

「我辛辛苦苦把妳養這麼大，還讓妳去女子學校讀書，妳要是不能幫我多賺一點回來，我可就傷腦筋了。」

「是。」朝名用右手握住，隱藏於白色蕾絲手套下的左手腕。

朝名十分感激自己和同為天水家的姑婆不一樣，可以去女子學校讀書。可是，那並不是因為光太朗為朝名著想。

爸爸只是不想被別人認為，自己是個不願意讓女兒去學校讀書的吝嗇男人而已。換句話說，他在乎的只是他自己的面子。

真正原因明明是這樣，他卻老用一個施予天大恩惠的態度說「我還讓妳去女子學校讀書」、「所以妳要盡量多幫我賺一點」，根本不講理。

不過，這種程度的話根本引不起朝名頂嘴的欲望，因為她知道說了也無濟於事。相較於朝名至今遭遇的無數不合理對待，這根本就是小意思。因此，朝名此刻只是蹙眉，闔上眼睛又睜開。

過了一會兒，媒人到了。「哎呀哎呀，不好意思，我來晚了。」

先前上門提親的，就是眼前這位一邊擦拭汗水，一邊笑咪咪地將細線般的眼睛瞇得更細，體格壯碩的中年男性，廣戶先生。他是和天水家也有生意往來的貴族，廣戶男爵的弟弟，同時也擔任製藥公司的重要職務。

廣戶一屁股坐在坐墊上，劈頭就說：「其實對方有聯絡我。」

「說跟我相熟的上一代家主身體不舒服，今天不能過來了。」

「哎呀，那真是叫人擔心。所以是，現任家主會過來嘍？」

「不，現任家主原本今天就無法出席。」

「……也就是說，對方會獨自出席？」

「應該會是這樣吧。哎呀，真抱歉。」

「哪裡哪裡，沒關係。只要本人會過來就沒問題。」

光太朗的態度與面對朝名時截然不同，他回應廣戶時不僅神情和藹可親，語調也很爽朗。不愧是生意人，變臉速度快到驚人。

爸爸和哥哥都是徹頭徹尾的生意人，永遠把家族利益擺在第一位，對顧客及合作夥伴很親切。另一方面，對於連女兒都不算，只是家裡養的家畜的朝名，也只給予相應的對待。說到底，朝名的婚事頂多就是家畜交配。

（……仔細想想，要成為我夫婿的那個人也太悽慘了。）

等對方入贅後，除非是特別孔武有力的強悍男性，要不然肯定會受到和朝名一樣的惡劣待遇。更何況朝名根本只是表面正常，實則與普通女性大相逕庭，是個貨真價實的怪物。花大錢入贅，根本是一場血本無歸的虧本生意。

突然，料亭走廊響起人聲及腳步聲，看來朝名的結婚對象終於到了。

料亭老闆娘親自領路，鋪著木板的走廊嘎吱作響，木格拉門上倒映出巨大的人影。朝名雙手搭在榻榻米上伏低，只一心一意盯著眼前榻榻米的凹陷橫紋。

「讓各位久等了。」低沉平穩又柔和的聲音。

那個聲音透著一股魅力，令人不自覺地入迷，朝名不由得緩緩抬起原本低垂的視線。

怦怦，心臟劇烈鼓動……多麼漂亮的人啊。走進包廂的那個人，是一名筆墨難以形容的美男子。渾身散發出洗練優雅的氣質，十分適合用「美麗」這個詞形容他。

修長身形和身上作工精細的暗灰色西裝及內搭背心相得益彰，態度彬彬有禮，甚至自然流露出一股雍容華貴的嫵媚。全身上下挑不出一丁點粗俗或魯莽的氣息，站姿如一隻白鳥般高雅，簡直就是從童話故事裡走出來的貴公子。

不過，最牢牢抓住朝名目光的是，他的容貌和髮型。

（好像……）

雙眼炯炯有神，睫毛纖長，薄唇。就連這年頭男性少見的，用髮簪插住墨黑色長髮結髮這一點都一樣。

「笑容是最棒的，幸福會降臨在笑口常開的人身上。」

那個聲音和那句話，至今依然好好收存在朝名心底，未曾褪色半分。他好像當時的那位少年，深深烙印在朝名眼底，從不曾消失的那個人。

心跳快到難以置信的程度，心跳聲大得好像都會傳進爸爸、媒人，甚至是他的耳裡，就連全身血液都好似沸騰般滾燙不已。

他舉止優雅地在朝名對面坐下，朝名望著他的一舉一動，忍不住屏息。他鞠躬時，後腦杓的那支髮簪輕巧響起叮噹的聲響，那個設計……

（和那個人一樣……怎麼可能。）

真的會有這種偶然嗎？

那段記憶，自己沒有一天不想起，數不清多少次支撐著朝名，鼓舞著朝名。如此珍重、寶貴的記憶裡的少年，在韶光流轉中，居然作為結婚對象出現在眼前……怎麼可能，會有這種作夢般的好事。

只有這瞬間，朝名忘卻了自身被詛咒的命運。

「現在大家都到齊了——」

廣戶開始說話，但朝名連一個字也沒聽進去。這情況太過衝擊，所有話朝名都是左耳進右耳出，只能一直緊緊望著正前方。

怎麼可能！紛亂思緒在腦中不斷迴旋。直到爸爸拍自己的肩，朝名才終於回神。

「朝名。」

「是、是。」

「時雨先生不是邀請妳吃飯前先去散步嗎？快回答人家。」

「啊……是。對不起。我很樂意。」

朝名慌張回答，光太朗附在她耳邊低語。

「妳明白了吧？」

朝名拚命點頭，千萬不能讓爸爸起疑。自己有擺出合宜的笑容嗎？說不定已經晚了，但朝名順了順呼吸試圖冷靜。

「我們去庭園走走吧。」

咲彌開口邀請，朝名才意識到自己剛才看他看得太專心了，忽然感到尷尬，別開視線。咲彌站起身走出房間，朝名跟在後頭的身影是前所未有的寧靜。

要從檐廊走下庭園時，咲彌自然地伸出手，朝名不禁直盯著那隻手瞧。

（真的是那個時候的少年。）

朝名跟在咲彌後面，踏上新綠盎然的庭園。正中央的水池中有華麗鮮紅的錦鯉悠遊，滿布青苔的石頭及石燈籠營造出一股靜謐氛圍。明明經過精心照料，卻絲毫無損自然界原生的美麗，這庭園真棒。

兩人走了幾步之後，走在前頭的咲彌忽然停下腳步，回頭看向自己。

「我再次自我介紹，我叫做時雨咲彌。」

沉穩的聲音令朝名再次抬起目光。

少年——時雨咲彌那雙堅定的黑眸，正定定注視著自己。後頸結髮以外的其餘長髮流瀉在肩上，唇角浮現出友善的笑容。再加上他那超脫現實的美麗容顏，無論男女老少都會認為他是個一百分滿分的好青年。

朝名也盡量擺出討人喜歡的微笑，深深一鞠躬，同樣報上名字。

「我是天水朝名。初次見面，你好。」

朝名說完後，在心裡驚呼一聲，微微睜大雙眼。

（他說他叫時雨咲彌。）

這個名字最近才剛聽過。時雨家的公子，剛留學歸國，今年二十三歲。是連劇場小生都要自嘆不如的美男子——朝名就讀的女子學校新到任的國文教師，正是同學們之前熱烈討論的名字。

不過，傳聞一點都不誇張，他的容貌比朝名至今見過的任何男性都要俊美，確實不輸給劇場小生。

（可是，真有這樣的偶然嗎？）

記憶中的恩人，既是結婚的對象，又是朝名就讀的那間女子學校新教師。這麼多事重疊在一起，實在無法用一句碰巧解釋，也超出機緣巧合的範疇。

「那個，我有聽過你的事……時雨老師。」

朝名小心翼翼地稱呼，咲彌則一副了然於心的模樣。

「妳是夜鶴女子學院的學生？」

「對。」

「原來如此……八成是爺爺的安排吧。」

「啊，那個。」

咲彌苦笑，朝名疑惑地側頭。

伴隨池中的淙淙水聲，一陣風柔柔吹拂而過，帶來青松的香氣。還有，大概是咲彌抹在身上，類似薄荷的香氣跟隱約的菸草味掠過鼻尖。

朝名的注意力一瞬間被吸引過去，這時咲彌臉上的笑意淡了。

「其實這次提親，是我回國前爺爺自作主張去談的。教師的工作，也是爺爺建議我去做的。這些都不是偶然，而是我爺爺的精心策畫。」

「啊……原來是這樣啊。」

咲彌的語氣沉穩具教師風範，彬彬有禮，卻莫名有種距離感，顯得疏遠。

「提親的事我之前就有聽說，但我才回國沒多久就被叫來雙方見面，倒是吃了一驚。」

朝名再次看向咲彌，他的神情並不冷漠。雖稱不上溫柔，但也沒有特別流露出厭惡，臉上微笑還透著些許友善。從他的表情可以推知，他不太了解天水家的情況。

既然他說這門親事是他爺爺交代的，又一直到最近都在國外留學，他對天水家一無所知也很合理。

（他大概也不記得我了吧。）

八年前的那段記憶對朝名來說極為重要且珍貴，但咲彌看起來對朝名一點印象都沒有。自那天以後，朝名成長許多，容貌也有所變化，認不出來也是理所當然。

可是，如果是這樣的話。

「老師事先什麼都不知情的話，一定很失望吧。突然被告知，結婚對象是我這種人。」

朝名用稍微開玩笑的口吻這麼說，咲彌緊緊皺眉。

「沒那回事，妳不該這樣說自己。」

「不。我就是一個這樣的女生，沒什麼才華，也不機靈。對老師這麼出色的人來說，沒半個優點又還是學生的我，就像是一支下下籤吧。」

我的嘴角微微揚起笑容。我很擅長堆出討人喜歡的微笑，這一點是像爸爸嗎？

（我真的就要這樣跟老師結婚嗎？）

朝名保持微笑，在心中自問。讓重要的恩人和自己扯上關係，入贅進入宛如惡鬼的家庭，最終害他踏上只有不幸的道路。

這樣真的好嗎？

「笑容是最棒的，幸福會降臨在笑口常開的人身上。」

他當時的那句話，此刻依舊清晰烙印在朝名心上。因為遇見他，也因為這句話，朝名才有辦法承受那些痛苦至今。即使感到悲傷，也始終不忘笑容，可以活得像個人。這麼重要的恩人，不該讓他抽到下下籤才對，這樣不是恩將仇報了嗎？

「不管是上上籤或下下籤，都一樣。因為爺爺對我有恩，我想要實現久病纏身的爺爺的願望，才決定接受這門婚事——只是，既然都要結為夫妻，我就希望好好過，我的真實想法是這樣。」

「……即使是和我？」

「對，和妳。」咲彌的態度十分真摯，那雙眼中滿是認真。

想實現爺爺願望的孝心，幫陌生少女搽藥的深切關懷，他是個率真的好人。看來這不是朝名的一廂情願。

「妳是怎麼想的？」

「……我……」

對於咲彌的提問，朝名欲言又止。

如果和恩人咲彌結為夫妻，就算是艱苦人生也一定能過得幸福。其實朝名彷彿在作夢一樣，高興到快要哭出來了。可是，對她而言的幸福，卻是他的不幸。不能忘記自己的命運，絕不能讓這門婚事成真。所以，朝名決定撒謊。

「如果可以的話，我也希望能成為一名好妻子。」

「那就好。」

咲彌瞇起眼微笑，罪惡感堵得朝名胸口發疼。要是現在當面拒絕，會丟時雨家和媒人廣戶的面子，朝名不想引發無謂的風波。

（為什麼我會誕生在這個家，又變成這種身體呢？）

要是咲彌得知朝名的真實情況，肯定會討厭她的。再高尚、再體貼的人，也不可能接受一個怪物當妻子。光想到這點，胸口如同撕裂般痛苦。

（如果——）

如果自己出生在另一個家裡，就能和咲彌結為夫妻了吧？朝名就是他的上上籤了嗎？

朝名和咲彌一邊閒聊一邊逛庭園，過了一會兒又回到包廂時，午餐已經擺上桌了。朝名回包廂後，光太朗射來銳利至極的目光。

（你那樣瞪我也不能改變什麼啊……）

朝名在內心發牢騷，臉上當然是沒有表現出來。

用餐時，熱絡談笑的主要是光太朗跟廣戶，他們偶爾也會將話題拋向咲彌，但對話總是延續不了多久。朝名只是沉默地用筷子將碗碟中的料理一一送進口中。

所有人都用完餐，喝杯茶稍微歇息後，今天的會面就結束了。廣戶率先走出料亭，咲彌隨後離開，最後踏出店家的是朝名和光太朗。

「爸爸。」

對著爸爸逐漸走遠的背影，朝名鼓起勇氣開口。從用餐時開始，占據朝名腦海的只有一件事。沒錯，一定要告訴爸爸，取消這門親事。

只是，這個請求一定會惹火光太朗，朝名害怕到身體不住顫抖。

（不過，要是錯過這次機會，就不知道什麼時候才能說了。）

光太朗平時要洽談生意很少在家，就算他人在家裡，自己白天要去女子學校，早晚餐也不跟他們一起吃，好幾天碰不到面也是常有的事。要是現在不說，等下次見到爸爸時，說不定事情就已經無法挽回了。

聽見朝名的叫喚，光太朗神情訝異地回頭。方才那張和顏悅色的生意人表情已消失無蹤，渾身散發出極為冰冷的氣息。

「怎樣？」

朝名深深吸一口氣，腹部一發力，將那句話說出口。

「這門婚事，可以拒絕嗎？」

「妳說什麼？」

不出所料，光太朗瞪大眼睛。下一刻，氣勢驚人地把手中枴杖用力插進碎石路裡。

「是我聽錯了嗎？妳剛剛說要拒絕？」

「……對，我不願意和時雨先生結——」

「妳開什麼玩笑！」

朝名還來不及說完，光太朗的枴杖已砸在她的臉上。

——喀吭。

伴隨一聲沉甸甸的聲響，朝名因那股巨大衝擊力摔倒在粗卵石上。

「呼。」

臉頰發熱，加上一陣暈眩，眼冒金星。自己現在是什麼樣的姿勢，連自己也搞不清楚了，吐出的氣息也很燙。

不過，現在沒空管這種事，光太朗一把揪住朝名的衣領，硬是把倒在地上的身體拉起來。不管是臉、脖子，還有撞到粗卵石的手腳都很痛。

「妳以為我會答應這種事嗎？這可是好不容易才上門的一樁好姻緣。」

「可、可是，我──」

「閉嘴。妳這個東西，沒資格對我的決定表示意見！」

「唔……真的、很……抱歉。」

「要是妳長得更漂亮、更有才華，就能賣到更好的價錢了。」

光太朗把手裡揪住的衣領粗魯一甩，朝名又被拋摔在地上。

朝名只能聽到氣憤不已的光太朗粗重紊亂的氣息，此刻全身都在發燙，其他什麼都感覺不到。就在這時，一道凌厲的聲音響起。

「怎麼回事？」

是咲彌。原以為他早就離開了，看來人還在附近。

料亭老闆娘也一臉不安地從玄關觀察這邊的情況。光太朗鬧出那麼大的動靜，又厲聲怒吼，這是理所當然的。

「你為什麼要這樣？」

咲彌立刻走近倒在地上的朝名，那雙黑眸中混雜了詫異及困惑的複雜神色。

「太過分了。」

咲彌看向朝名挨揍的臉頰，驚愕地輕聲說。朝名自己不太清楚，但傷勢多半相當嚴重吧，因為臉頰不停劇烈抽痛。

「天水先生，這到底是怎麼一回事？對自己的女兒動手，你還有理智嗎？」

「什麼？我就是教她一點規矩。這是常有的事。」

「規矩？這叫做什麼規矩？」

咲彌朝光太朗投去不可置信的目光。

光太朗多半也感到自己被撞見了不光彩的一面，咂了咂嘴，但表面上仍舊端著一副若無其事的態度，不客氣地說：「……還請你不要對我家的教育方式多嘴。」

「你在開玩笑嗎？這種行為怎麼能稱作教育！」

身為教師的咲彌猛然起身，朝名見狀頓時慌了。要是兩人爭執起來，會讓咲彌難做人。

（絕對不行！）

朝名搖搖晃晃站起身，走到爸爸和咲彌中間。

「等、等一下，請等一下。」

她抬頭看向緊皺眉頭的咲彌，忍著疼痛挺直背脊，盡可能地擠出笑容。

「我沒事，不好意思讓你擔心了。」

就算只有這一次，光是咲彌為了朝名而發火，就令她高興到幾乎要流淚了。真的，高興得不得了。光是這樣就夠了，她很滿足了。

「不，可是……」

「沒關係，抱歉驚擾到大家了。爸爸，我們回去吧。」

挨揍這種事，她早就習慣了，反正就算受傷也會立刻痊癒。正因如此，爸爸動手時也不會手下留情，暴力對朝名而言就是家常便飯。

事實上，光太朗絲毫不認為自己動手有何不對，只是因為被年輕人頂撞而惱怒罷了。

「朝名小姐……」

咲彌困惑不解，朝名恭謹地朝他彎腰一鞠躬。

「今天很謝謝你，很高興可以見到你，那麼就學校見了。當然，我不會在學校提及結婚的事，畢竟不能妨礙你的工作。老師，再見。」

「我們走！」光太朗一把抓住朝名的手，把她拖離現場。

直到坐進私家車前，光太朗在路上雖然沒有向朝名怒吼，卻一直冷冷瞪著她。

「聽好了，朝名。如果妳希望取消這門婚事，就用妳的身體來償還。妳要是能比以往對家裡有更多貢獻，我也不是不能考慮看看。」

「……」

這是個謊言，光太朗肯定不會改變心意的。

天水家在業界的評價真的非常惡劣。只要生意興隆，很多人還是會主動湊上來，不過一旦談及聯姻，那就是另一回事了。以一個顧客遍及政商界名流的家族企業來說，向朝名提親的人並不多。

與咲彌的婚事，是走運獲得的天賜良緣，不管是光太朗或浮春，都不可能會輕易放手。

（可是，說不定真的能讓這門親事告吹。）

自己得想想辦法，避免咲彌和天水家扯上關係。朝名一心只有這個念頭，便對爸爸的話點頭。

「是……那樣也沒關係。爸爸，請你再考慮看看。」

如果是為了幫助咲彌，自己受點傷無妨。反正既然都死不了，那至少想替恩人盡點心力，稍稍回報他的恩情。

聽見朝名的回答，光太朗冷哼了一聲。

◆

咲彌只是怔怔地杵在原地，目送即將成為自己未婚妻的少女和她父親的背影遠去，要說他是目瞪口呆也可以。

今天初次見面的結婚對象——天水朝名，這位少女並沒有引人注目的華貴氣質或美麗容顏，貌似也沒有值得一提之處。

（可是，剛才那一幕。）

朝名在人來人往之處遭自己父親施暴、痛斥，卻優先顧及咲彌，展露笑容的身影，在他腦海中縈繞不去。

她並沒有流露出受害者的態度，也沒有哭著向咲彌求助。只是凜然地站起身，臉上還掛著微笑，甚至可以開口道謝。

如果，那抹笑容無論在何種情況下都不會改變的話……那肯定是一股非凡的意志。她乍看纖細又弱不禁風的背影，令咲彌移不開目光。

幾天前夜裡，咲彌在夜鶴女子學院開完會，前往一家位處帝都繁華街道一隅的小酒吧。據說最近在帝都，低調路線的酒吧及咖啡廳悄悄流行起來，成為男性交換資訊或閒聊時的去處。

酒吧是一棟兩層樓高的磚造建築，一樓是純粹飲酒的空間，二樓設計成讓人可以一邊喝酒一邊打撞球或麻將，盡興玩樂的空間。許多下班後的男人聚集在此，場面十分熱鬧。

咲彌和火之見深介碰面，這是回國後的第二次了。兩人在蔘味瀰漫的一樓桃花心木桌旁面對面坐下後點了杯酒。很快地，各自手邊都有了滿滿一杯濃烈洋酒。

「不好意思，叫你到這種地方來。」

「無所謂。」

深介穿著用心整燙過的三件式西裝，仍舊那麼正經八百地道歉，咲彌搖頭苦笑。

「你有很多話想對我說吧。」

「如果不是這麼晚了，原本也可以去那位嚴肅老闆開的紅豆麵包店。」

「老闆傍晚就關店了，沒辦法。」

聊起他們都常去的那家店，原本籠罩在兩人間的尷尬稍微緩和了些。不過，深介隨即又板起臉。

「我就開門見山說了，我有事要告訴你。」

「什麼事？」

「我不會害你，聽我的，放棄和天水家的婚事。」

深介平常說話的語調就稱不上溫和，這時又更加篤定、異常堅持。

「你還真是突然，而且你說得也太斬釘截鐵了吧。」

「當然。為什麼偏偏是天水家？而且還要入贅，你是瘋了嗎？」

咲彌從朋友的口吻清楚感受到，他厭惡天水家就如同厭惡蛇蠍那麼強烈。

深介從以前就是一板一眼的個性，不太懂得變通。打理得一絲不苟的外表，也透露出他嚴重的潔癖及拘謹死板的個性。只是，他不喜歡說謊也不會敷衍了事，和他在一起咲彌感到很自在，兩人從中學時就相識，已是十幾年老友了。

咲彌心想，他果然還是老樣子，性格潔癖那一面又冒出來了嗎？

「天水家有許多負面傳聞，像是他們家雖然藥商生意興隆，卻在暗地裡販售毒藥，耍手段搞垮競爭對手，或者為了賣藥先誘發疾病流行之類的，甚至有人因此喪命。就算現在沒事，萬一日後遭人檢舉或怎樣，你要是入贅就會被牽連。」

毒藥、喪命，駭人聽聞的詞一一出現，咲彌輕閉雙眼。他從口袋取出香菸叼著，擦亮火柴點火，深吸一口後才開口。

「哎……不過，這些可信嗎？既然是藥商，就算經手這類物品也不算奇怪吧。是藥三分毒，重點是看怎麼用。其他幾點，頂多只是傳聞而已。」

深介壓低聲音。「不，你有聽過名叫『人魚之血』的毒藥嗎？」

人魚這個詞令人有點在意，但咲彌搖頭。

「沒有。」

「……這消息只有內行人才曉得，還沒有傳開，聽說有叫做這名字的神祕毒藥。雖然現在還不知道具體內容，但是只要微量進入體內，就能立刻致死的凶惡毒藥。」

「這不可信吧，怎麼可能有這麼完美的殺人毒藥。」

「你先聽我說，就是因為這樣，很多人把『人魚之血』和販售『人魚之淚』的天水家聯想在一起。知情的人當中，不光認為都有『人魚』這個共通點，還因為那一家的確有可能幹這種骯髒事。」

深介打聽之後，發現為數眾多的藥商裡，唯有天水家在批發名為「人魚之淚」的藥品，而且沒有任何人知道那種藥是怎麼製造的，實在很奇怪。

種種負面傳聞不曾斷過，藥物是會進入人體的東西，如果原料和製造方法都不透明，許多人會懷疑的確很自然。

深介繼續說：「好像是因為天水家在背地裡和某位了不起的大人物做了交易，上頭才睜一隻眼閉一隻眼，讓他們能在隱瞞所有資訊的情況下販售『人魚之淚』，這件事幾乎可以確定是真的。」

「所以你的意思是，販賣『人魚之血』的毒藥也是在背地裡獲得了某人的許可嘍？」咲彌大大地呼出一口氣，靠到椅背上。

深介出身名門世家而且人脈廣，在報社及警界也很吃得開，既然是他說的，那可信度就相當高了。

要是將來情況突然翻轉，天水家被落實罪狀，身為入贅女婿的咲彌自然也會受牽連。可是，咲彌也有不願讓步的原因。

「就算如此……這是爺爺的心願，我沒辦法拒絕。」

咲彌最討厭的就是忘恩負義。媽媽是時雨家家主的妾，咲彌是妾所生下的庶子，爺爺時雨濱彥多年來一直暗中照顧母子二人，所以只要是爺爺懇切的心願，自己就無法拒絕，也不願意拒絕。

而且爺爺無論是作為貴族當家或是企業家，都殺伐決斷、處事英明。天水家的惡劣風評，他肯定早就知道了才對。他一定是有他的考量，才會幫咲彌定下這門婚事——

咲彌突然回憶起爺爺曾說過的話。

（擁有人魚之血的女子……對，爺爺之前是不是有這樣說？）

身體狀況不佳的爺爺表示，無論如何都希望咲彌接受這個婚約。咲彌會決定回國，也是因為爺爺的這句話。

他一回鄉就立刻去見爺爺，在談及結婚對象時，「能在我這一代得償大願，沒有比這更令人開心的了……咲彌，天水家的女兒，是我一直在找的人魚之血女子。而且，和人魚之血女子結合是你的命運。」

爺爺說話時眼眶微微泛淚。只是，大願和命運這些詞，咲彌早從八年前就聽膩了，當時並沒有特別放在心上。

人魚之血女子，名為人魚之血的毒藥，叫做人魚之淚的萬能藥，似乎與這些有關聯的天水家。

深介把燒短的香菸在菸灰缸裡按了按，看向陷入沉思的咲彌，嘆了口氣。

「咲彌，你重情重義是好事，但要是因此把自己都賠進去就血本無歸了。總之，和天水家的婚事你最好重新考慮。因為是你，我才會講這麼多。」

朋友無比認真的態度，令咲彌不由得動搖。

玻璃杯中的洋酒只剩下少許，但咲彌卻感受不到一絲醉意。話說回來，至今他從不曾好好醉過一次。不管是酒精濃度再高的酒，喝起來都跟喝水沒有兩樣。

八年前自從咲彌身處的環境驟然劇變，深介就一直關心著自己，這點咲彌一直很清楚。

「……我很感謝你擔心我，我也會小心別被捲進麻煩事裡。但我果然還是沒辦法拒絕這門親事。」

「為什麼？」

「我決定接受這門親事時，爺爺高興到雙眼含淚，這是我第一次看見他淚眼汪汪的模樣。看見恩人那種表情，如果情況不是嚴重到無可救藥，根本沒辦法背叛他的期待吧。」

「據說是個超級醜的醜八怪喔，天水家的那個女兒。」

「哦，是喔。」

對方的外表如何，並不足以成為左右咲彌決定的因素。聽見咲彌敷衍的回應，深介不自覺提高音量。

「你不要光是哦，少蠢了。你是把腦袋忘在國外沒帶回來嗎？你現在這種態度，看起來就只是懶得思考，乾脆順爺爺的意而已。往後辛苦的可是你喔。」

「我想盡可能回報爺爺恩情的這份心意，是這麼不堪的事嗎？」

「你要報恩，就在別的事情上報恩，別做會搞砸自己人生的事。」

看來今天的兩人只能是兩條平行線了，咲彌認同深介的主張，但也不會因此就認為自己錯了。後來，咲彌和深介不歡而散。

（那個女孩就是人魚之血女子……）

第一次見面的天水朝名雖不是深介口中的醜八怪，的確也稱不上美麗。塗抹白粉和胭紅也無法掩蓋住那張毫無血色、過於蒼白的臉龐，弱不禁風的身形，從振袖和服露出來的肌膚，或者仔細綁好的頭髮都極度缺乏少女該有的光澤度。簡直就像勉強把一件華美衣裳套到屍體上似的。

只是，雖然咲彌對父親天水光太朗並沒有好印象，但對女兒朝名的印象竟然在最後一刻翻轉了。

（還有——）

自己一直在想，爺爺那句話——和人魚之血女子結合是你的命運，以及從深介口中聽說的天水家和人魚。

如果，朝名身為人魚之血女子，和咲彌背負的命運有所關聯的話，她說不定也知道一些關於咲彌這副身體的事。

如果是這樣，說不定有辦法可以恢復原本的自己……或者是……

咲彌闔上雙眼。片刻後再次睜眼，走出店外。

第二章

老師與人魚花苑

簡直像不曾有過那門親事一樣，朝名的眼睛心不在焉地掃過教科書上的一行行文字，在心裡嘀咕著。前方講臺上，站著一位美男子。

週末過後的這個上課日起，負責朝名她們班國文課的教師就變成了咲彌。他踏進教室的瞬間，全班的反應真是用超乎常理來形容也不誇張。

上課鐘聲響起，教室拉門靜靜滑開時，朝名真切地感受到全班同學都倒抽了一口氣。該說是壓倒性的存在感嗎？咲彌滑行般優雅邁步的身影，立刻牢牢擄獲一大票女學生的目光。就連朝名雖然先前和他近距離交談過，再次在教室見識到咲彌的風采時，依然不由得看得入迷。

「初次見面，大家好，我的名字是時雨咲彌。從今天起，我代替休假的富田老師擔任各位的國文教師，請多多指教。」

咲彌和顏悅色地自我介紹，少女們看得如痴如醉，淚眼矇矓，雙頰泛起紅暈的模樣果然如同傳聞一樣，彷彿置身當紅小生演出的觀眾席。

那副驚天美貌，再配上他散發的得體微笑，讓所有學生感到輕飄飄也是理所當然。

（那個人居然是我的結婚對象。）

如同當時自己宣告的，朝名決定在學校裝作與他毫無關係的模樣。因此，她刻意避免和咲彌對上目光，跟大家相反，只盯著黑板或課本看。

「就如同大家也知道的，這個作品是中世❼的女流歌人❽寫的紀行文——」

不過，他連聲音都很優美又極具魅力。低沉、柔和的嗓音，令人不禁聽到出神。

老實說，朝名只要看著咲彌，心臟就忍不住怦怦跳，加上暗自擔心和老師的婚約會被同學發現，實在坐立不安。朝名拚命躲開目光，終於熬到下課了。

就在鐘響的同時，朝名長吁一口氣。同班的少女們紛紛跑到講桌旁，轉眼間就將咲彌團團圍住。

「老師，課本上有一個地方我不懂。」

「時雨老師，你放學後有事嗎？」

「老師假日有空嗎？」

「老師，你結婚了嗎？」

---

❼中世：平安時代後期（十一世紀後半）至戰國時代（十六世紀）的約五百年。

❽歌人：日本和歌與短歌的創作者。

問題如連珠炮般炸開，在課業疑問到私事的各種問題同時轟炸下，連咲彌的笑容都不禁僵在臉上，要全部回答完肯定很消耗力氣。

朝名和杏子一起站在遠處，看著講桌前的盛況。

「好辛苦，簡直就是明星。」

朝名不由自主地感嘆，杏子也噗哧一笑。

「真的，他還是那麼受歡迎呢。」

「……還是？啊啊，杏子妳以前就認識老師了嗎？」朝名心一驚地詢問。

朝名本就不打算向大家透露自己和咲彌的婚約，老師那麼受歡迎，萬一婚約在身的消息傳出去，說不定朝名會招致怨恨。

但是，如果杏子和咲彌是舊識，那就算得知婚約的消息也不奇怪。如果是杏子，應該不會去散布八卦，只是凡事都有萬一。

杏子微微點頭。「我們兩家從很久以前就有交情，在咲彌老師出國留學前，我們偶爾會碰面聊聊天或一起玩。」

「這樣呀……」

「時雨家和日森家也常結為親家喔，所以——」

杏子說到這裡便沒再說下去，她的目光一直注視著遭眾少女包圍的咲彌，她的眼神令朝名內心漾開不安。

朝名一整天就在膽戰心驚中度過，今天感覺比平時漫長得多。

（今天一定要過去那裡，我需要自我療癒一下。）

放學鐘聲一響，朝名搶在其他同學開口邀約前就迅速收好書包，急忙溜出教室，獨自走在人影稀疏的走廊上。

（天氣真好，可是……）

她從正面玄關的傘架中抽出一把淡紫色雨傘，走出大門，繞到校舍的後面。

在夜鶴女子學院建好前，這一帶只有田和森林。校方十幾年前創辦學校時，統一徵借了大片廣闊土地，才蓋出學校現有的建築物。其中也有部分天水家的土地。

朝名現在要去的地方是，只有她一個人知道的祕密地點——人魚花苑。人魚花苑就位在天水家借給夜鶴女子學院的土地上。

不過當初在建設學院時，每次一打算開工，就必定會發生意外或機械故障等狀況，令人有股不祥感。因而幾乎原貌保留下來，只是現在被雜草遮掩住了。

朝名走過校舍旁的陰影，此地空無一人，她在一處灌木叢前停下腳步。山茶花樹的深綠葉片，像要覆蓋住後方一般鬱鬱蔥蔥。她伸手略撥開樹枝，踩過樹下的青草鑽進去。

前方的小徑不算寬，就是勉強能容一人通過的間隙。朝名沿著小路向前走，走不到二十步，視野忽然變得開闊，一條細流淙淙流動的清澈水聲傳進耳裡。

不合季節的花朵嬌豔怒放，低矮山茶花樹圍繞的圓形土地中央，有一座淺淺的池塘，池中央又蓋了座小祠堂，乍看好似漂浮在水面上。

「這裡果然是我一個人的樂園呢。」

睽違數日造訪的祕密花苑美到令人屏息。

朝名一走近水池，就先把書包和雨傘擱在草地上。接著脫掉皮鞋及日式分趾襪，拎起深藍色的袴，把下襬拉高到膝蓋，踏進池中。水淹至腳踝傳來冰涼的觸感，濕軟的爛泥包裹住腳底。

她走到清澈水池中的祠堂前，走上臺座下方的矮石牆，一邊留意別讓下襬弄濕，一邊小心坐下。

（好平靜……）

偶爾不知從何處傳來的杜鵑鳥叫聲與水聲疊合，十分悅耳動聽。在帶有初夏暑氣的夕陽照耀下，池塘水面波光粼粼，這景色看再久也不會膩。

「好想一直待在這裡。」

不用回家，也不用考慮婚約的事。朝名待在這裡時，不用介意自己和朋友的差異，也不會有人得知朝名身上血液的祕密。不需要時刻提心吊膽，擔心自己的祕密曝光，也沒必要裝成一個優等生。

——人魚之血女子，誕生在天水家血脈的特殊少女——只要不是當場死亡，無論受再嚴重的傷都會立刻痊癒，也不會生病。擁有這種特殊血液的女孩，代代都被如此稱呼。

不清楚是從何時開始，據說至少是在天水家涉足藥品生意的武士世代之前，家裡就已經有這種奇特的女孩出生。她們的左手腕上必定會浮現斑痕，就是朝名祈求能消失，模樣如同鱗片般的那道斑痕。

歷代人魚之血女子，都沒什麼好下場。有人遭家人嫌棄、一輩子都被關在監牢裡最後崩潰發瘋，有人被當成珍禽異獸展示，有人遭到玩弄、被當作玩具一遍遍劃傷全身，還有人被轉賣過好幾個主人，次次都遭到割傷、刺傷和燒傷，最後被斬下頭顱。

人魚之血女子除非用特殊方式殺害，不然只能用異於常人緩慢的速度老化後死去，而且絕不會同時出現兩名特殊血液的女孩。

在朝名之前的是爸爸的姑姑，朝名的姑婆。姑婆自從出現斑痕後就被關在監牢裡，為了家族興盛，那副身軀長年被家人利用。一直到四十幾歲時，由於血液效果減弱，她就被自己的親哥哥，也就是朝名的爺爺親手斬落首級，結束了一生。

朝名身上浮現出斑痕是在八歲時，自從朝名變成絕不會因受傷生病就死去的怪物後，一直努力隱藏這項事實，所以總是用蕾絲手套掩蓋手上的斑痕。

「沒想到居然會和他有了婚約……」

人魚之血的事、家族的事、婚約的事，還有咲彌的事。朝名明知必須趕快放他自由，卻不知道該怎麼做才好。

（乾脆讓老師討厭我好了……不、不行。）

就算一開始的初衷是不想束縛他，但自己也不願惹他不快，哪怕只是一時的，她也無法忍受。而且，光太朗和浮春也不會容許自己做出那樣的言行舉止吧。必須想個更好的辦法，一個讓爸爸、哥哥和咲彌都能接受的辦法才行。

（爸爸跟我的約定又不可靠，那種辦法根本不存在。）

畢竟除了朝名以外的所有人都傾向結親，根本無路可走，朝名環抱雙膝嘆息。就在這時，茂密的樹叢忽然搖晃起來。

「咦？」

人魚花苑根本是個沒人會靠近的地方，至今從來不曾有自己以外的人踏進這裡。朝名用力吞了口口水，沒想到出現的人是他。

「這裡是……？」

「老師？」

身形修長，黑髮閃亮動人。沒想到，第一位客人正是朝名方才心心念念的咲彌本人。

「妳……朝名小姐。」

咲彌也注意到朝名。接著，他的視線移向池塘水面。他雙眼圓睜，看起來是什麼都不知情，碰巧走進來而已，就算如此也太巧了。

通往這裡的入口幾乎都被山茶花樹擋住了，如果不撥開根本就看不到。朝名作夢也沒想到居然會有人不小心走進來。

「這裡到底……是？」

咲彌頻頻張望四周，朝名不禁感到好笑，微笑著從石牆下來。她再次走進池中，又踏上草地。

「這裡是人魚花苑，老師。」

「人魚……花苑。」

朝名輕輕點頭，伸手指向水池中央那座小祠堂。

「對。這裡也是天水家借給學校的土地，但每次只要搬遷那座祠堂就一定會發生意外。所以最後學校放棄，乾脆把這裡遮擋起來，是一處遭人遺忘、別有隱情之地。所以，你是除了我以外，第一個踏進這裡的人喔。」

朝名不管在家或在學校都沒辦法完全放鬆，這裡是她唯一可以獨享的休憩之所。她過去一直認為，要是有其他人發現這裡，走進來隨意踐踏，她肯定會非常不高興，這種感覺就像是陌生人穿著髒鞋子踩進自己的內心。

可是，咲彌的身影一映入眼底，湧上心頭的卻是淡淡的喜悅。

（啊啊，老師對我來說果然是特別的。）

如果是過去曾在路邊關懷自己的咲彌，就算被他發現這個祕密基地也沒關係，就算一個人變成了兩個人也沒關係。

「老師，你怎麼會來這裡？」

「我經過時覺得樹枝茂密得不大尋常，就有點好奇……妳常常來這裡嗎？」

「對，我很喜歡這裡。不過只有我會來就是了。」

「哦。不過，這裡確實是個很美的地方呢。」

咲彌一開口稱讚，朝名就好像是自己被讚美般高興起來。

「天水家的土地……人魚花苑……」

咲彌低頭思索，神情有幾分凝重。然後他在片刻遲疑後，看向朝名的臉。

「朝名小姐，上課時我就一直有點掛心，妳昨天的傷勢已經沒事了嗎？」

「咦？」

「妳父親狠狠地揍了妳吧。我想應該傷得很重，但今天看起來似乎沒有留下傷痕……」

「啊……」

咲彌會驚訝很合理。光太朗用柺杖揍出的那種傷勢，一般來說都會腫起來，再轉變成大塊瘀青，嘴角也會破裂。但身為人魚之血女子的朝名，臉上卻沒有半點痕跡。

通常要花上好幾天才會恢復的傷口，人魚之血女子只需要幾秒鐘就會痊癒。如果是俐落的割傷，傷口一瞬間就會癒合，但如果是不規則的撕裂傷、挫傷或燒傷，會稍微痊癒得慢一點，不同傷勢的恢復時間多少有點差異。

這對朝名來說是理所當然的事，因此她早就忘得一乾二淨了。

「那、那個，那是……託你的福，很快就消下去了。謝謝你擔心我。」

「那就好。不好意思，因為實在是恢復到完全看不出一點痕跡。」

朝名思索著要不要乾脆趁機說出來，自己其實是個怪物，只要不是會當場致死的傷勢就死不了。可是，就算說了老師大概也不會相信。

而且朝名只要想到咲彌有可能嫌棄自己，彷彿連那段珍貴的記憶都會變成痛苦的來源，這點令她卻步。如果可以她希望在咲彌一無所知的情況下，和他笑著和平分開。

（我這個願望也太自私了。）

好想隱藏內心和身體都醜陋的自己，就連這種念頭也是自私在作祟，真討厭。她討厭家裡，也討厭自己，湧上心頭的全是羞恥和無力感。

「不過，太好了。」

咲彌的微笑吸引了朝名的視線。

「妳臉上沒有留下疤痕。」

咲彌纖細修長、形狀優美的手指，向朝名的臉頰伸過去。他要是碰到自己的臉，就會發現自己雙頰燙得不得了，朝名慌張地別過臉。

「對、對啊。」朝名的心臟不由自主地怦怦跳。

從咲彌的舉動看來，他很習慣與女性相處。他該不會是故意的吧？

朝名戰戰兢兢抬頭望去，他的神情相當泰然自若。

「話說回來，」咲彌環顧四周輕聲說：「天水家好像和人魚這個詞很有緣，『人魚花苑』、『人魚之淚』……」

他的語氣和最初相比輕鬆了幾分，那種神態和朝名記憶中的他稍微重疊了。

「的確，因為據說八百比丘尼是天水家的祖先。」

「真想不到，這是真的嗎？」

咲彌驚訝地轉頭，朝名點點頭。這是天水家代代相傳，貨真價實的事實。天水家並沒有刻意隱瞞，自己說出來應該不會有問題。

「老師知道八百比丘尼的故事嗎？」

「當然。」

八百比丘尼是吃下人魚肉後，活了八百歲的女性。很久很久以前，在一個漁村裡，漁夫捕到一隻人魚，因為人魚肉很稀有，就成為宴會上的佳餚。不過大家看到人魚的外貌近似人類，內心都感到抗拒，沒有人夾來吃。

最後實在沒辦法，那些參加宴會的男人只好把人魚肉帶回家，村裡的長老同樣帶了人魚肉回去。沒想到，他女兒竟偷偷地吃下去，那個吃了人魚肉的女兒後來順利出嫁。

可是，當丈夫逐年老邁，她卻依舊保持著年輕時的模樣。最後她被送回娘家，又嫁給了其他男人，而外表依舊沒有絲毫變化。歷經漫長的歲月，她終於失去所有歸處，便出家為尼，遊歷各國。

「傳說中八百比丘尼和丈夫並沒有子嗣。不過，實際上並非如此。」

「她的後代就是現在的天水家嗎？」

「對。」

人魚之血女子，就是曾有八百比丘尼這位祖先的最佳證據。人魚肉是不老不死的靈藥，所以吃了人魚肉的八百比丘尼活了長達八百年的歲月，而這種受傷會立刻痊癒，也不會生病的異常體質，顯然就是承繼於她。只是，畢竟不是吃了人魚肉的本人，所以並非真正的不老不死。

「原來如此，所以天水家才會和人魚這麼有緣啊。」

咲彌的話，朝名是聽在耳裡苦在心裡。和人魚有緣，對朝名而言並不是值得開心的緣分，那種東西最好不存在。自己只想當一個平凡的女人，平凡地活著。

「朝名小姐？」

自己此刻臉上是什麼表情呢？可能沒有笑得很完美。直到咲彌喊自己的名字，朝名才回過神。

「對、對不起，老師，那個——」

「不，天水家和人魚的故事非常有意思。謝謝妳，朝名小姐。」

咲彌看了看天色，說：「差不多該走了。」他伸手進口袋摸索，掏出一個懷錶，某樣物品順勢掉了出來。那東西掉到草地上轉了好幾圈，停在朝名腳邊。

「老師，你東西掉了……啊。」

朝名拾起一看，整個人愣住。那是一個小小的鐵灰色扁平圓形金屬盒，朝名很清楚裡面裝的是什麼。

「這個……」

「啊！抱歉。」

朝名愕然失神，咲彌臉頰驀地染上紅暈，一改至今成熟穩重、泰然自若的神色，流露出些許慌張，給人一種帶著幾分稚氣的印象。

「妳昨天看起來傷得很重，我想說可能需要搽膏藥，所以就……不過，仔細想想，妳家就是藥商，根本不用等到我拿藥給妳吧。」

咲彌深深地呼出一口氣，一臉難為情地按住額頭，遮住眼睛。

「我多事了，不好意思……」

裝在鐵灰色圓扁盒裡的膏藥，正是咲彌從前幫朝名塗抹的那種藥。朝名心裡有欣喜、有懷念——不過，又帶著淡淡的悲傷，複雜心境化為一股熱流湧上喉頭。

「不用不好意思……謝謝你，老師……對不起。」朝名只吐得出這幾個字。

胸口漲得滿滿的，說不出話來。這份情感是什麼？自己該怎麼做才好？朝名沒有任何頭緒，只能盡全力展露笑容。

「朝名小姐？」

朝名深呼吸好幾次，嚥下梗在喉嚨的那股熱流，刻意用開朗語調說話。

「剛好我也有東西想給老師。」

「咦？不是，妳剛剛——？」

朝名沒有回答他的疑問，硬是轉變話題，遞出自己帶來的那把傘。

「雨傘？」

「對，請你拿去用。家裡會有人來接我，所以沒有傘也不會怎麼樣。」

「可是……」

咲彌似乎想說些什麼，抬頭望向天空。天空飄滿白雲，卻是一片蔚藍，絲毫不見會下雨的跡象。而且除了朝名，今天沒有任何一個人隨身帶著傘。

「老師，你回家路上應該會需要，請用。」

朝名一說完，咲彌就蹙著眉，來回看向天空及朝名的笑臉。

最後，他雖然心裡納悶，仍說：「那就謝謝妳嘍。」接過朝名的傘轉身離去。

「路上小心。」

朝名對著那個背影輕輕揮手，靜靜地嘆了一口氣。方才幾乎要滿溢而出的情感，不知何時已消融殆盡，呼吸起來感覺輕鬆多了。

◆

——咲彌從不曾忘懷的八年前。

一早起來，人生就徹底翻轉的那一天。當時，津野咲彌和媽媽津野羽衣子兩個人住在山側外圍的住宅區，屋子是頗為別致的和洋折衷風格。

咲彌雖然繼承了貴族時雨家的血統，但他媽媽是時雨家家主時雨厚士的妾，他只是個妾的孩子。可是，他不曾覺得自己的處境是種不幸。

原因在於儘管厚士從不理睬他，但前代大家長也就是咲彌的爺爺時雨濱彥一直很照顧咲彌母子，長年在暗地裡提供援助。拜他所賜，咲彌雖然只有媽媽一位親人，卻能過上較一般人更寬裕的生活。

最明顯的就是住家，這間屋子終究不是靠洋裁謀生的媽媽負擔得起的，是因為爺爺幫忙才得以住下。咲彌心中認定的家人只有媽媽和爺爺兩個人，他對爸爸或時雨家沒有半點興趣，所以一直過著幸福的日子。

直到某一天，一切都不同了。早上他一如往常地起床，換上制服，察覺到身體不舒服。

「這是……怎麼回事？」

全身沒有力氣，像是發燒般頭暈暈的，剛好在心臟正上方的胸口位置，滾燙得好像火在燒一樣。他低頭一看，胸口發燙的位置彷彿燒傷般變得通紅。

起初他以為是起疹子，決定先不管它，但吃早餐時身體的倦怠感愈來愈強烈，連站起身都異常費力。

「會不會感冒了？」

對於媽媽的猜測，咲彌難以苟同。單從症狀來看的確很像感冒，但心臟周遭這種發燙的感覺，跟感冒完全不同。

他當天就去看醫生，但診斷結果也是模稜兩可的「多半是感冒吧」，吃藥後也不見任何改善，過了一會兒，咲彌決定上床睡覺。然後——等他發現時，胸口發紅的部分，已轉變成形似一朵花的斑痕。

「咲彌，聽說你身體不舒服。」

「對……我胸口上出現了類似斑痕的東西。」

斑痕究竟是什麼，很快就有了答案。

幾天後咲彌向來探病的爺爺說明情況，爺爺臉上滿是訝異和感動，情緒激動到不尋常。

「那個、那個斑痕，是傳說中轉世的——」

為什麼會是咲彌呢？歷經近千年的漫長歲月，走過悠久歷史延續至今的時雨家血脈，曾有無數男子出生又死去。被選中的卻不是其中任何一個人，而是咲彌，這理由沒人知道。

按照爺爺的說法，時雨家過去曾貴為君主。而且時雨家歷代家主中，竟然有一位活了長達兩百年，長年統治國家。

「花的斑痕，就是繼承了那位的意志證明，你是天選之人。想不到，竟然可以在我這一代親眼見證這個斑痕。」爺爺感慨萬千地說著，而咲彌只能愕然看著他。

爺爺這個人雖然積極接受西方新文化及逐漸轉型的帝國，但也一直非常重視歷史傳統。

大家都不願對時雨家代代相傳的家規及習俗多費心思，認為這些早過時了，只有爺爺熟知這些風俗，一向珍重看待。

因此，爺爺反應這麼大，清楚顯示出這個斑痕有多麼重要。可是，咲彌反應不過來。唯一可以確定的是，對爺爺來說，咲彌變成比以前又更加特別的存在了。

後來，一切都朝違反咲彌意願的方向發展。一開始還很緩慢，漸漸地變化速度愈來愈快。咲彌似乎是傳說中那位家主的轉世，這件事不曉得從哪裡傳了出去，消息轉眼間就在時雨家親戚中傳開了。結果，他們萌生了這樣的想法。

——說不定，先代會推舉咲彌成為下一任家主。

當然，決定權是掌握在現任家主，也就是咲彌的父親時雨厚士手中。更何況，厚士和正妻之間還有一個長子，咲彌是由妾生下的又是次男，照理說根本沒有機會。

可是，只怕萬一的可能性確實萌芽了。爺爺即便早從家主之位退下，發言依然具有威信，加上咲彌又在他的堅持下遷了戶籍，情況更加晦暗不明了。

理所當然，厚士強烈反對遷戶籍。然而，最終父親沒辦法忽視爺爺的意願，不得已之下，他決定把咲彌這個不確定因素，擺在自己的視線範圍內監視，咲彌因此搬進時雨家的大宅子中生活。

他抗拒卻沒有人考慮他的意願，一切都變了。姓氏、家和立場——就連自己的身體。

「我不想待在這裡。」

咲彌在時雨家度過的時光極為短暫，卻是惡夢一場。父親一心只想把咲彌養成廢物，主母及同父異母的哥哥總是充滿敵意。

相反地，親戚和學校同學的態度忽然一百八十度大轉變，紛紛奉承討好。女孩們先前都看不起他，老說他是妾的孩子，現在卻頻頻向他示好。

大願及命運這種曖昧不明的詞彙從此圍繞在他身邊，其實他很孤獨。儘管如此，他依然努力對那些有意與自己交好的人真誠相待，只可惜期待總是落空。

他遭到背叛，一次又一次，數不清多少次。他想相信對方，心卻被狠狠踐踏，他受不了了。所以，他逃走了。在爺爺的協助下，逃向異國的土地。

四周看起來全是敵人，他再也無法相信他人，實在太痛苦了。自己逐漸變得不像自己，那種感覺令他害怕得不得了。

咲彌在教師辦公室裡完成行政工作，把自己抽的那根菸扔進菸灰缸。等他踏出校舍時，天空已是灰濛濛一片，雨點劈里啪啦地落下，富含濕氣的獨特氣味掠過鼻子。

（還真的下雨了……）

他半是目瞪口呆，目光落在手中握的那把雨傘上。沒有裝飾的淡紫色樸素雨傘，給男人用雖然稍微小了點，但也不至於突兀。

「……謝謝你，老師……對不起。」

她用寂寞的笑容道謝又道歉，出乎意料地縈繞腦海，咲彌也不明白自己為什麼那麼在意她的一言一行。然而，原本沉睡在大腦深處的記憶片段忽然浮上來，掠過意識的表面。

「……沒事，我沒關係。」

那是什麼時候的事？咲彌揮開那如霧氣般抓不住，朦朧縹緲的記憶。在人魚花苑從朝名那裡聽來的故事，又在咲彌腦海中捲起巨大的漩渦。

「八百比丘尼嗎……」真叫人好奇。

說起八百比丘尼誤食人魚而不老不死。八百比丘尼的子孫——人魚之血女子，就是咲彌命中注定的對象。告訴自己這件事的爺爺，真正用意究竟是什麼呢？

話說回來，朝名是人魚之血女子，究竟有什麼特殊之處嗎？就像自己的這副身軀。

（繼續和天水家來往，我或許就會知道。）

咲彌一邊思索，一邊感激地撐起向朝名借來的那把傘。他走到公車站牌，搭公車回家。

咲彌的媽媽——羽衣子住的家。

咲彌從國外回來後，並沒有回時雨家，而是住在媽媽家。他雖然擔心爺爺的健康，但他連一秒鐘都不想待在時雨家。父親現在似乎對曾暫時逃到異國的咲彌也沒那麼戒備了，連一句都沒囉嗦。

（……只是這樣一來，就算有事想問爺爺，也不能隨意接近他。）

他不回時雨家生活，也是在表明自己對爸爸沒有敵意。因此，要是他輕率造訪時雨家，可能會平白無故受到猜疑，要是一個不小心，甚至可能又會被當作敵人，他絕對不願意落得那種下場。

「我回來了。」

「歡迎回家，雨很大對不對？咦？怎麼有那把傘？」

咲彌從玄關走進屋內，羽衣子穿著廚師圍裙出來迎接時，疑惑地側頭。

「啊啊，我向朝名小姐借的。」

「咦？朝名小姐，是那個朝名小姐嗎？啊，不是，我是沒見過她本人，但是就是那、那位，爺爺說是你的對象，之後要下嫁給你的那位朝名小姐？」

「妳居然說下嫁給我……媽媽，妳冷靜點。就是那位朝名小姐沒錯。」

兒子苦笑著提醒她，羽衣子則說了聲「哎呀」，流露出滿臉喜色。

「她是你的學生對吧？是個什麼樣的女孩呢？」

「……什麼樣啊，她還沒有對我敞開心扉，不過應該是個體貼的人吧。」

「那太好了。」

「嗯，也是。」

「畢竟你們已經熟到會借傘了呢。真棒，真好啊，年輕真好。媽媽好羨慕，我都要臉紅了。」羽衣子神情興奮地走回起居室。

只不過借把傘就這樣小題大作，媽媽還是這麼單純開朗。儘管咲彌剛才跟媽媽那樣說，但沒有敞開心扉這一點，他也一樣。他接受這樁婚事是為了報答爺爺的恩情，就只為了這個原因。

（不過，他並不後悔。）

朝名帶著憂傷的強顏歡笑，總是縈繞在腦海中。那像是因顧及人情壓力接受婚事而感到內疚、抱歉般，難以言喻的心情。

「妳以為我會答應這種事嗎？這可是好不容易才送上門的一樁好姻緣。」

從天水家家主的怒罵聲中可窺見一二，說不定朝名其實並不願意和咲彌結婚吧？這些念頭閃過腦海。

「咲彌，吃飯嘍。」

咲彌站在玄關陷入思緒的漩渦時，羽衣子從起居室探出頭喊他。

「我馬上過去。」

「啊！對了對了，我有件事要告訴你。」

「嗯？什麼事？」

「你到家前，深介來過了。他說有話要告訴你，下次要約你去啤酒屋。」

酒吧也好，啤酒屋也好，其實去哪裡都無所謂。

「那傢伙是很閒嗎？」

怎麼想都覺得，他八成要繼續聊上次那件事。深介的想法肯定沒變，而咲彌在見到朝名後，更有種不該錯過這樁婚事的感覺。一想到兩人又要無止境地爭論這個無解的話題，咲彌一顆心直往下沉。

「真是的……沒想到會變成這樣。」

雖然自己也想像不出深介坦率祝福好友結婚的模樣，但之前根本想都沒想過，他居然會如此極力反對。咲彌很清楚他的想法，他就是在擔心自己，因此心裡更是為難。

「還有啊……」

咲彌不由得嘆氣，而羽衣子又緊接著開口：「時雨家今天有聯絡，日森家的杏子小姐，明天早上想和你一起去學校。」

「杏子小姐啊……」

簡直就像是麻煩事一樁接著一樁來似的，這個也是自己不太想聽見的名字，咲彌無奈地仰頭看向天花板。

（還是在人魚花苑度過的時光，最自在。）

儘管只待了短短一會兒，在那個遠離喧囂，清新舒暢又沉靜悠閒的地方，和不會擅闖他人界線的朝名談話，令人十分安心，和她聊天不會令人感到疲憊。

雖然只要想到天水家的事就頭痛，但自己和她說不定意外合得來，這時候的咲彌悠哉地這麼想。

第三章

喜歡和不喜歡的東西

朝名在用舊了不再鬆軟的被窩中醒來，今天的頭跟身體也是沉重不已，她不由得皺眉。隱身雲後的太陽從鑲嵌在木格拉門上的窗戶灑進來的光線僅是微亮，略顯昏暗的房中，朝名勉強爬起身，開始盥洗。她拿水桶在屋子後方的水槽裝冷水，洗完臉薄施脂粉。

蒼白肌膚無一絲血色，甚至看得見血管浮起，雙唇乾燥龜裂、色澤黯淡，她抹上白粉及胭脂，試圖讓氣色看起來好一些。

她拿梳子仔細梳好黑長髮，先編兩條麻花辮子，再把兩條辮子盤到頭上固定，完成跟平常一樣的髮型，同時也是大正時代女學生之間最流行的髮型。

她脫掉日式睡衣，赤腳套上日式分趾襪。和服底色是接近白色的淡藍，上頭點綴著小花圖案，沒有內裡。接著，她再穿上夜鶴女子學院規定的制服——深藍色的行燈袴，雙手套上蕾絲手套就大功告成。

最後在鏡臺前一照，鏡面上倒映出一個臉色陰鬱如死人的女學生。朝名望著那張臉扯了扯嘴角，做出一個乏善可陳的笑容，馬馬虎虎吧。等到學校時，表情應該會再自然些才對。

朝名在離學院還有一小段距離的地方下車，在黑鴉鴉的烏雲下邁出步伐。四周有許多女學生和朝名一樣走路上學，也不少人騎自行車。其中，前方一個令人在意的背影映入眼底，她在心裡「啊」了一聲。

（是老師。）

自從相親那天初次碰面以來，咲彌一直都是無懈可擊的時髦西裝打扮，今天卻穿著雅緻的和服。白色立領襯衫上面是清爽的松葉色長著❾，下半身則套著袴。雖然西裝很適合他，但咲彌肩頭上的美麗烏黑直髮跟和服果然相得益彰。

（真是個連走路身影都優美迷人的人啊，美男子不管穿什麼都這麼有型嗎？）

朝名腦中轉著這些念頭，下一刻她發現咲彌身邊有一個女學生和他並肩走在一起，不禁瞪大雙眼。

「咦？杏子？」

咲彌不知為了什麼點頭，身旁的女學生回以微笑，那張側臉毫無疑問是杏子。她曾說過和咲彌是舊識，但她居然會和大受歡迎的咲彌融洽地一起上學。

「那兩人果然是那種關係啊……」

「妳在說時雨老師嗎？」

---

❾長著：長度蓋住腳踝的和服，一般認為現代長著的原型始於室町時代的小袖。

朝名原本是在自言自語，一旁突然有人出聲反問，她訝異地看向旁邊。

「智、智乃。」

愛慕朝名的學妹今天也如同小兔子般惹人憐愛。朝名驚得心臟漏跳一拍，隨即試圖冷靜，故意做出困擾的表情。

「抱歉，我突然跟妳說話。」

「妳嚇我一跳。」

「智乃？」

「我老是纏著妳……姐姐，妳一定覺得我很煩吧。」

智乃像枯萎的花兒般消沉，朝名慌忙解釋。

「沒那回事。我真的就是嚇一跳而已，我沒生氣也沒有覺得妳煩。」

下一刻，智乃甜甜一笑說「太好了」，音色中透著喜悅，看著佯裝生氣的朝名。說不定智乃只是故作沮喪而已。

（智乃將來一定不得了……說不定會變成魔性的女人呢……）

朝名看得目瞪口呆，智乃一臉天真無邪地側頭問：「難道姐姐也對時雨老師有興趣嗎？」

聽見智乃的問題，朝名模稜兩可地回了句「不，並不是那樣」。智乃聽了，臉上浮現開心的笑容。

「呼~那我就放心了，姐姐沒有受那種花花公子迷惑。」

「花花公子……？」

「根據我打聽到的消息，他有不少緋聞喔。更何況他身為教師，卻和學生像那樣親密互動，他百分之百是覬覦青春少女才來當教師的。」

「緋聞……」

自己沒聽過那種流言，智乃說的也是毫無根據的偏見，但朝名也沒了解咲彌到足以反駁那些話的程度。

「不過，姐姐。」

「什麼事？」

「姐姐，如果妳說妳想要得到時雨老師，我湯畑智乃就會盡一切力量幫妳。畢竟比起我個人的意願，姐姐的想法才是最重要的。」

智乃挺胸道，朝名看著她苦笑。

自從看見咲彌和杏子並肩而行後，如霧氣瀰漫胸口的滯悶感，不知不覺中消散了。

今天所有的課程結束後，朝名也一樣立刻走出教室。因為她打定主意，今天必須去人魚花苑做一件事。

朝名悄悄地從校舍的倉庫裡拿出一把修枝剪及一張木頭小凳子，朝人魚花苑走去。空中覆蓋著薄薄的雲層，氣溫不會太熱，正好適合幹活。

「嘿咻。」

她立刻把凳子放在遮掩住水池和祠堂的山茶花樹旁，踩到凳子上，動手剪起小樹枝。本來應該要再早一點修剪的，但朝名將此事忘得一乾二淨。

人魚花苑原是埋葬歷代人魚之血女子骨灰的地點。對天水家而言，這裡象徵著隱藏在家族興旺背後的長年罪惡及汙穢，是人人避忌之地。

因此，平常會過來這裡的，只有當代的人魚之血女子而已。直到近年，天水家也不想再管理這個地方，想趁機把這塊土地借給學院，到頭來仍是一個無人靠近的場所。

（終究只能靠我照料了吧……）

當然，朝名沒有任何園藝方面的經驗。她自己看書研究，打從進學院起每年都依樣畫葫蘆地修剪樹枝。

「這裡剪掉應該沒關係吧。還有，這裡也是。」

一開始她經常舉棋不定，習慣後膽子也漸漸大了起來，揮動剪刀一一剪下樹枝。山茶花的樹枝上還開著幾朵白花，樹葉也長得十分茂密，再加上樹枝纖細末梢紛紛恣意延伸，乍看之下就像一團圓滾滾的樹葉妖怪。

朝名也不管上頭還有花和葉子，一連剪下不少樹枝。這裡的山茶花一年到頭都會綻放，從不枯萎。聽說當初是剪下種在八百比丘尼離世地點的山茶花樹枝，再用扦插方式進行繁殖，所以或許和人魚的力量有關係。

花朵完全不會掉落，要是放著不管，枝葉就會像這樣蓬勃生長。一般認為等冬季開的花全落光，春天即是適合修剪的時期。但在這種情況下，根本沒有所謂的時期可言。

只是如果不事先決定修剪時間，就很容易忘記這件事，於是朝名便決定按照書上寫的在春季修剪，今年稍遲了些。

昨天咲彌不小心闖進來時，被他撞見完全沒整理過的花苑，朝名心裡很慚愧。

「啊啊！剪太多了。」

剪得太順手，不小心連原本沒打算修剪的樹枝也剪掉了。不過朝名立刻想起這些並非普通的山茶花，就放下心來單手輕撫胸口。

「反、反正，沒關係啦……嗯。」

「妳在做什麼？」

「哇啊！」

背後突然有人出聲，朝名的心臟劇烈一跳，手中那把修枝剪差點掉下去，她慌忙重新握好，才回頭看向後面。

「老師。」

早上的智乃也是，今天真是驚嚇連連的一天。她一回頭就看見穿著松葉色長著的咲彌站在那裡眨眼睛。

「老、老師來了啊。」

「嗯，對，可以借用妳一點時間嗎？」

他說「這個」，抬手舉高的是，昨天朝名借出的那把淡紫色雨傘，看來他是特地來還傘的。朝名謹慎地從凳子上下來，接過咲彌遞來的傘。

「昨天嚇我一跳，沒想到真的下雨了。」

咲彌的驚訝溢於言表，語速很快，神色興奮，朝名看他這個樣子，忍不住笑了出來。

「太好了。要是我猜錯，就害老師白白多帶一個東西了。」

「不會，多虧妳我才沒被雨淋濕。謝謝。」

咲彌「呼～」地放鬆下來，沉穩道謝，這是最令朝名高興的。儘管這是一件小事，但只要能幫上他就好。

其實，預測天氣是人魚之血女子的特技之一。人魚血聞起來很腥，帶著土味——就像是帶著熱氣的雨那種悶住黏滯的氣味。因此朝名對這種氣味非常敏感，說穿了就只是這樣而已。聽說八百比丘尼也有擅長預測天氣的軼事，說不定的確有什麼關聯。

「不客氣。老師今天還要回去工作嗎？」

「對。明天的備課還剩下一點沒完成，我是休息時順便跑過來看看。妳要繼續修剪山茶花嗎？」

「對。」

朝名和咲彌誰都沒有刻意，自然地在池畔草叢隔著兩個人的空間並肩坐下。朝名方才專心修剪沒注意，現在一坐下，才覺得自己有點累了。

「我可以抽菸嗎？」

咲彌特地問了聲，朝名點頭。

「沒關係的。不過菸蒂請不要丟在這裡喔。」

「哈哈，謝謝。我會注意的。」

咲彌笑著點燃一根菸，深深抽了一口又呼出。他的舉止極為性感，朝名光是看著都感到雙頰要發燙了。

（老師不管做什麼都美得像一幅畫呢。）

朝名拚命克制自己的表情，咲彌開口說：「我昨天就在想，這裡的山茶花真了不得。花季明明早就過了，每一棵樹卻都盛開。沒想到是妳在照顧的。」

「老師，這裡的山茶花一整年都會開花喔。」

「什麼！」咲彌驚愕得瞪大雙眼。

從剛才開始，兩個人就輪流讓對方感到驚嚇，真好笑。朝名聆聽池中水聲，用全身感受著沁涼空氣。她一把注意力放到五感上，就有種身心都融化了的感覺，非常舒服。

「不過，其實我不太高興。」

她心裡想著不能這樣，卻忍不住脫口說出真心話。一面對咲彌，她就什麼都想說出來。明明平時面對朋友或學妹時，都能若無其事地隱瞞一切。

「不高興山茶花一年到頭都開花嗎？」

咲彌反問，朝名點頭。

「對，只要冬季開花就夠了。而且……我不太喜歡山茶花。」

八百比丘尼抱著山茶花樹枝，行遍諸國的故事很出名。有她這樣一位祖先，天水家也和山茶花有斬不斷的緣分。天水家的家徽就是源自山茶花的意象，宅中庭院也種植了數不清的山茶花。

朝名對於八百比丘尼那如泥水般混濁的複雜情感，在每次看到山茶花時，就會在心中沉澱出更多淤泥。很矛盾的是，這個四周都被山茶花樹環繞的地方，卻能撫慰朝名。或許沉睡在此的人魚之血女子，也和朝名一樣對山茶花不抱好感吧。

「嗯，人各有所好嘛。我其實也不太喜歡山茶花。」

咲彌低聲開口，朝名看向他。

「老師也是？」

「原因有點複雜——啊啊，不聊這個了。聊自己不喜歡的東西，也沒什麼意思。」

「說得也是。」

咲彌聳肩說，朝名笑著同意。既然要聊天，聊喜歡的東西比不喜歡的東西愉快。咲彌的思考方式不管是現在或以前，都一樣積極又溫柔。

「如果妳願意的話，可以告訴我妳喜歡什麼嗎？」

朝名想了解咲彌，也希望他了解自己。他的每一句話都令朝名的心盈滿暖意，朝名無法拒絕咲彌這個充滿吸引力的提議。

「好，我很樂意。」

「謝謝。作為回報，我也會告訴妳我喜歡的東西。」

朝名和咲彌相視而笑，他那微微勾起唇角的柔和笑容，朝名好想永遠看下去。

這裡種了非常多山茶花樹，所以接下來的一段日子，朝名接受咲彌的幫助，和他一邊聊各自喜歡的事物，一邊一起修剪山茶花。對話內容十分單純，都是些無關緊要的小事。

「朝名小姐，妳有喜歡的花嗎？」

「喜歡的花嗎？我沒想過這件事，老師呢？」

「我喜歡不會太大也不會太小的花，像是桔梗、石竹或波斯菊之類的。」

「我喜歡初夏放晴的早晨。老師，你有喜歡的天氣嗎？」

「秋天微陰的日子吧。」

「微陰？」

「對。我喜歡那種好像全世界只剩下自己一個人的寂寥氣氛，雖然細想之後我也覺得這樣挺怪的。」

「一點都不怪，誰都有想要獨處的時候啊。」

「我很喜歡像今天這種晴朗天空的藍色。朝名小姐，妳喜歡什麼顏色？」

「我也喜歡天空的藍色，最喜歡的是接近深紫色的藍色。」

「是很適合妳的顏色吔。」

「老師，你的外文明明也很好，為什麼會來教國語呢？」

「因為我知曉了這個國家的語言、文學和文化的優點。」

「比外國更好嗎？」

「對，我出去留學一趟才懂。每個國家都有它好的地方，有它值得欣賞的獨特之處。只是大家的方向天差地遠，而這個國家有這個國家美好的地方，我想要向大家傳達這件事。」

兩人聊喜歡的食物，印象深刻的日常小事，或是最近看的書或文學名著。對朝名而言，能和恩人相處的時間不管再短暫，都是宛如瓶中五彩繽紛的糖果般，閃閃發光的寶物。那些寶物每天增加一顆、兩顆，就令她高興到無以復加。

一開始，朝名以為咲彌是認為她一個人修剪山茶花太危險，才陪自己一起做。不過每天準時出現在人魚花苑的咲彌看起來也很享受這段時光，她更覺得恍如置身夢境。

◆

自從放學後和咲彌在人魚花苑碰面起，已經過了一個禮拜。朝名在休息時間和幾名同學有說有笑地走出教室。大家會刻意聚集在走廊，也是出於說不定可以看到咲彌的少女心境。

咲彌上任已經一陣子了，少女們到現在仍是開口閉口就聊他。

「時雨老師，真的時時刻刻都好帥……」

「我懂。只要看到他，就有一種好像看見佛祖，可以延年益壽的感覺對吧。」

「沒錯沒錯，簡直就是大飽眼福。啊啊，要是我也能和那麼帥氣的人結婚，一定每天都會很幸福吧。」

朋友妳一言我一語說個不停，朝名與旁邊的杏子不由得一起苦笑。這時，另一名朋友看向這邊。

「杏子，我真的好羨慕妳，可以和時雨老師一起上學。」

她指的是一個禮拜前的那天早上吧。朝名心想，既然雙方家族是舊識，那就不算突兀，只是智乃說過的話也令人在意，感覺兩人之間的氣氛有些特別。

其實只要直接問咲彌本人就好，但又不希望老師認為自己是多疑的麻煩女人，也不想破壞最近的美好氛圍，就一直問不出口。

杏子聽見朋友的話，神情略帶為難地羞澀淺笑。

「我知道自己很奢侈。不過，自從咲彌老師去國外後，我也一直沒機會和他說上話。所以，大家就原諒我好不好？」

「好，好，好！既然是杏子，沒人會有怨言的。」

「沒錯。像時雨老師這麼出色的男士，就該配杏子這麼美麗的女士。」

朋友紛紛點頭附和，杏子見狀雙頰立刻就紅了。朝名近距離看著這一幕，隱約有種不好的預感。

（要真是那樣的話，自己該怎麼辦？）

朝名連一句話都說不出來，卻成為朋友們下一個關注的對象。

「朝名，妳將來也會和一位優質男士結婚吧。」

「咦？」出乎意料的話令朝名頻頻眨眼。

朝名這些年都以為自己會和勝井子爵結婚，早認定這句話與自己無緣了。現在算是和咲彌有婚約，卻成了煩惱的根源。

不過，那些朋友聊得停不下來。

「畢竟朝名的成績優秀，家裡生意又做得很大。」

「對啊，而且朝名有種獨特的魅力，也有幾個學妹很在意妳喔。」

「別、別開我玩笑……」

朝名笑著搪塞過去，就在這時她看見咲彌經過走廊的那一端。朋友們也一副「終於等到你了」的神態，紛紛對咲彌的身影做出反應。

「快看，是時雨老師！」

「真的，今天也好帥啊。」

「走路方式也和其他男士不一樣呢。」

大家都深深地嘆了一口氣。不光是朝名的那些朋友，還有其他同年級的女學生們也是。至於杏子——她雙眼晶亮，直直地注視著咲彌。

（我……）

朝名極力壓抑自己的情感，勉強擠出微笑，把目光從朋友之間轉移到咲彌身上。

眼神對上了！她和咲彌正好四目相接了嗎？朝名倒抽一口氣，相反地咲彌則稍稍勾起唇角微笑。

那個笑容不像站在講臺上的他，更像是他在人魚花苑稍稍放鬆緊繃肩膀時的真摯笑容。

（為什麼？）

朝名還來不及思考，「哇啊！」身旁響起此起彼落的尖叫聲，打斷了朝名的思緒。

「妳們看到了嗎？剛剛那個。」

「看到了，時雨老師向我們微笑了！」

「妳錯了，老師是在對我們微笑。」

「不可能，絕對是對著我們。」

「時雨老師才不是對妳們微笑，是對他早就認識的杏子笑啦。」

少女們之間的戰爭愈來愈白熱化。看來，認為咲彌是在對自己微笑的並非只有朝名。

（什麼嘛。不過，也是呢。）

心裡像是鬆了一口氣，又好似有幾分失落。

咲彌肯定只是出於體貼，對愛戴自己的學生們笑一下而已，就像舞臺上的明星般大方對粉絲展露笑顏那樣。真是誤會大了，朝名也和她們一樣，差點以為自己是特別的而心花怒放、小鹿亂撞。

「杏子。時雨老師很懂得如何讓我們開心，對吧……杏子？」

朝名下意識地向杏子搭話，她卻遲遲沒反應。朝名迫於無奈只好收回討好的笑容，緩緩轉頭看向身旁。

「啊！抱歉，我剛在發呆。」

杏子是注意到朝名在看自己嗎？忽然回過神，慌張出言掩飾。但朝名很確定，杏子方才在咲彌離去後，也一直戀戀不捨似地注視著他剛才的位置。

放學後的朝名獨自來到人魚花苑，坐在草叢裡靜靜地望著池塘水面。只要注視著細微水波映射橙色陽光的璀璨畫面，就能淨空內心。

不過，自從咲彌開始造訪此地後，朝名和以前不同了。不是從坐鎮在水池中央的祠堂矮牆上看，而是從池畔凝望著那晶燦光輝。同時，她也隱隱期待著，咲彌今天會不會過來。和咲彌並肩坐著聊天，一同享受人魚花苑大自然的聲響及光輝，甚至連他抽菸的氣味，都變得如此理所當然。

（老師果然不來了嗎？）

修剪山茶花的工作昨天已經完成了，真的可喜可賀。原先茂密到顯得陰鬱的枝葉如今都打理得乾淨俐落，現在看起來漂亮了不少。儘管比不上家裡委託專業造園師修剪過的那些山茶花。

所以，只是幫忙修剪花枝的咲彌，已經沒有來此地的理由了。

朝名舉起戴著蕾絲手套的手遮擋住陽光，今天的手套不是咲彌送自己的那一雙。太頻繁戴同一雙很快就會磨損，因此朝名常將那雙具有特殊回憶的手套好好地收在懷中隨身帶著，手上則戴其他手套。

（好孤單喔……）

仔細想想，這也是理所當然。咲彌身負教職，和僅是一介女學生的朝名不同，有很多事要忙。他上任後在教學方法上也下了一番工夫，學識淵博，談吐又幽默有趣，非常受學生歡迎，甚至讓人擔心他該不會招其他教師嫉妒。

正因如此，能和忙碌的咲彌相處一個禮拜，簡直就是奇蹟。然而那段時光，已經結束了。朝名獨自思索時，夕陽漸漸下山了。

「差不多該走了。」

內心充斥著一股不滿足，但這只是自己的奢求而已。

只要開口邀請，譬如問杏子或智乃，應該找得到人陪朝名來這裡聊天吧。一心只希望那個人是咲彌，不過是朝名的一廂情願。

「可是……只要和老師在一起，真的就會忘記時間啊。」

有時候，兩人會停下修剪休息一會兒，只是安靜地眺望景色。就算不交談，心裡也比只有一個人時更充盈飽滿，有種自己確實存在著的踏實感，真是不可思議。

夕陽低垂，緩緩朝西方地平線落下，東方的天空逐漸籠罩在夜幕中。初夏的白日很長，天色還微亮著，但必須趕在整個暗下來之前回去才行。

朝名拿起書包，鑽過茂密的山茶花樹枝，快速走出人魚花苑。結果，正好在那裡迎面遇見咲彌。

「老、老師……為什麼？」

「抱歉，我來遲了。」

咲彌氣喘吁吁，暗灰色長著略顯凌亂，他肯定是急忙趕過來的吧。

「老師，你怎麼了？忙的話就不用勉強過來沒關係。」

「我想說妳可能會等我，不能放著妳不管。」

「對不起，給你添麻煩了，我正準備回去了。」

自己方才那麼盼望，要是咲彌能過來就好了。一個人待在那裡，一個人回去，其實心裡是有點失落，也有一點寂寞。可是，她不希望他勉強自己。

朝名一鞠躬，急忙就要離開，咲彌就跟在她身後。

「我送妳。」

「咦！不、不能麻煩老師。」

「對了，妳家好像會有人來接？既然這樣，我也不能硬要送吧。」

「不，如果老師陪我一起的話，我可以請車子先回去……所以，那個……」朝名話說到一半，停下腳步。

反正只要一踏出學校大門，爸爸派來的人就會嚴密監視自己。平常除了專車接送，還有另一批人監視著朝名的一舉一動，一切安排都是為了避免朝名擅自行動。

不過只要仔細說明情況，讓車子先回去應該不成問題。

（——怎麼辦？我不想跟老師分開。）

只要一下子就夠了，只要彌補今天沒能相處到的時光，只要在回家的路上和咲彌說說話就夠了。

兩人畢竟是相過親的關係，而且如果杏子可以和咲彌一起來學校，自己和他一起回家也沒關係才對吧。

她的這種想法多麼自私啊，既然希望有一天要放咲彌自由，就不該和他變得親近。心裡明明很清楚，卻忍不住盼望再多待一會兒。

（只、只是請他送我回家，不會去其他地方的。）

所以只要今天就好——朝名在心中不斷向自己辯解，然後轉向咲彌。

「那個……老師，可以請你送我回家嗎？」

朝名怯生生地問出口，咲彌一瞬間睜大雙眼。不過他立刻一臉滿足似地露出微笑。「當然，我們走吧。」

朝名和咲彌走出校門後，先請來接人的汽車回去，兩人就這樣踏上歸途。朝名一開始非常緊張，因為除了人魚花苑以外，她至今不曾在學校和咲彌一起行動。

兩人的腳步聲交替響起，天色逐漸昏暗的街道上行人稀稀落落。女子學院的四周只零星散布著幾間小民宅跟古早小店，大部分學生都已經回家了，即使還有一些人在，也沒在注意其他人。

要是有其他學生發現兩人並肩行走，散播流言並傳進朋友們或杏子的耳裡的話，她們會作何感想呢？

（只有我什麼都當成祕密壓在心底，這方面我真卑鄙。）

想和咲彌待在一起，和他相處的時光很自在、很珍貴，忍不住無止境地想要更多，再更多。可是，有這種心願的人肯定不只朝名，對杏子和其他朋友的愧疚令朝名感到窒息。

「老師。」

「嗯？什麼事？」朝名一喚，咲彌便神情柔和地看向她。

他不動聲色地走在靠馬路的外側，又配合著步伐較小的朝名放慢腳步。果然，看來他如之前觀察的一樣很習慣照顧女性。

難道他真的花名在外嗎？雖然是間接從智乃口中聽來的消息，朝名此刻才意識到，時雨

咲彌這個人大概不只是自己一個人的恩人吧。

「沒有……就覺得老師你真體貼。」

「妳真的是這樣想的嗎？我怎麼感覺妳話中有話。」

「我是這樣想的，一直都是。」

朝名在臉上展露一個得體的漂亮笑容。

「畢竟，會為我擔心的人只有老師而已。」

現在是，過去亦是，朝名在心中補上一句。朋友和學妹雖然會稱讚、仰慕朝名，卻不會

為她擔心。

「和老師結婚的女性，肯定是這世上最幸福的人吧。」

咲彌聽見朝名的喃喃低語後，噗哧一聲笑了出來。

「老師？」

「妳稱讚我，我是很高興啦。只是，那個人就是妳喔。」

「咦？啊！」

「拜託妳不要忘記這件事了。不過呀，並不是因為爺爺的要求，而是我認為如果對方是妳，我們應該可以成為一對平穩美滿的夫妻。這幾天和妳相處下來，我有這種感覺。」

咲彌將公事包穩妥地夾在腋下，低頭看向朝名。

「真的是這樣嗎？適合老師的女性一定還有很多。」

比方說，像是杏子。咲彌和杏子並肩行走的身影十分相配，大家都這樣說，朝名自己也這麼想。

朝名猛然驚覺，剛才那句話說不定會讓人覺得有點煩，她急忙堆出笑臉想挽救局面。

「朝名。」

「我、我不是那個意思，其實只要老師能一直保持笑容，那樣就夠了。我聽說幸福會降臨在笑口常開的人身上。對不起，我說了多餘的話。」

朝名慌張到連沒必要說的話都脫口而出。可是，她真心希望自己的恩人能過得好，希望咲彌能獲得幸福，不要受朝名或天水家束縛。

「……我並不值得妳這樣祝福，我沒那麼好。」

咲彌帶著自嘲意味低聲說著，然而耳朵卻微微泛紅了。

從學校到天水家的距離並不近，但或許是和咲彌在一起的緣故，感覺轉眼間就到了。

「啊……」朝名看見前方天水家的大門，不自覺驚呼。

怎麼這麼不走運，門前站著正要外出的浮春和要送他出門的媽媽。桐子一臉慈愛地抬頭看著浮春，伸手替他拉好襯衫衣領。每次撞見這種相親相愛的正常親子互動場景，朝名就胸口一緊。

（不行！比起我的感受，現在要阻止老師看到這一切。）

要是和咲彌繼續往前走，就會遇上媽媽和哥哥了。咲彌要是看到浮春和媽媽對自己的冷漠態度，心裡肯定會感到奇怪。

（我不希望被老師知道。）

不想要被他看見自己遭冷落的模樣，不想要他可憐自己。她想要的是兩人像現在這樣以互有婚約的身分愉快交談，在一天中共度短短的時光。最後在這樣愉快的關係下，各自回歸人生軌道。

「老、老師，送到這裡就可以了，謝謝你。」

「咦？可是就在前面了，我得去打個招呼。」

朝名慌張地打算道別，咲彌蹙眉。

「老師不用介意我爸媽或哥哥。」朝名說著，停下腳步。

還是乾脆拖延時間，拖到哥哥和媽媽不見就好了？狡猾的念頭閃過腦海，但重視禮數的咲彌既然說了要和家人打招呼，就一定會去家裡吧。這樣一來，別說是要出門的哥哥，也會碰見媽媽。

當朝名還拿不定主意時，咲彌溫柔地牽起她的手。因為忽然被碰觸，朝名心跳劇烈到胸口都發疼了，一陣戰慄竄過後背。

「老、老師！」

「沒問題的，走吧。」

問題大得很。可是，都被他這樣輕輕拉住手了，自己也只好不由自主地跟上去。

「兩位好。」

咲彌不顧一旁朝名的尷尬，主動向哥哥和媽媽打招呼。原本牽著的手驀地被放開，只殘留些許不安。

「……你是？」

「我先自我介紹。初次見面，我叫做時雨咲彌。」

浮春訝異地皺眉，咲彌則是和顏悅色地點頭致意，報上姓名。而浮春只是勾起嘴角，回以苦笑。

「啊啊，是你。我是天水浮春，這位是我母親。」

「初次見面，我是桐子。哎呀，你長得真俊美。你是時雨先生對吧，今天上門是來找浮春的嗎？」

朝名知道，站在斜前方的咲彌偏過頭是因為疑惑。因為桐子的語氣極為自然，並非特別帶有惡意。只是，這個問題太奇怪了，一個母親竟然不曉得自家女兒結婚對象的姓名，太不合常理。

咲彌臉上閃過一絲退卻之意，但他立刻隱去那抹神情，回答「不是的」。

「我是朝名的訂婚對象。」

一如所料，桐子一臉不可思議，眼睛眨個不停。

像是有一隻冰涼徹骨的手猛然抓住心臟般，既不是悲哀也不是恐懼的情感衝擊著朝名的全身。好似只要她稍一放鬆，整個人就會頹然倒地。

「朝名……？是我認識的人嗎？那個人也是浮春的朋友嗎？對不起，我不太清楚。」

「啊……？」咲彌啞然回頭，那雙滿是驚愕的目光刺痛了朝名。

這是怎麼一回事？現在這是什麼情況？朝名沒辦法回答那些無聲的疑問，只能低下頭，而咲彌再度轉回去面對桐子。

「不，怎麼可能有這種事。朝名是您的女兒吧？」

「女兒？你在說什麼傻話，我沒有女兒。」

「您是什麼意思？那她是誰？不是您的女兒天水朝名，還會是誰。」

咲彌伸手比向朝名，但桐子的臉色愈來愈難看。

「她？你別開玩笑了，那裡什麼人也沒有。」

「……怎麼可能。」

咲彌不禁呻吟，朝名拉了拉他的袖子。

「老師，別說了，我沒關係的。」

桐子以前曾是位好媽媽，開朗、溫柔，也會時常撫摸朝名的頭，只要朝名學會讀書、寫字或算數，都會和她一起開心，誇獎她。

媽媽偶爾也會責罵她，但總是優先為朝名著想。充滿朝氣又端莊的媽媽，曾是朝名的驕傲。只可惜，她在看見朝名身體浮現出斑痕，看見傷口瞬間癒合的異常場景後就生病了，她沒辦法接受自己的女兒變成人魚之血女子的事實。

不知不覺中，朝名從桐子的內心、記憶、視覺和聽覺中消失了。當桐子像這樣當朝名不存在後，立刻又變回原本討人喜歡的模樣，一切在撇開朝名的狀態下又順利回歸正軌。

（我不想再次看見媽媽受苦。）

一開始朝名很希望媽媽記起自己。可是如果只要自己忍耐，大家就能過得好，那她認為這樣比較好。每一次，總是結束在她的忍耐中。

此時發出一聲冷笑的是，至今一直靜觀其變的浮春。

「妳還真是懂事，朝名。」

「……」

「準妹婿，先讓你了解情況也好，我們家沒有人承認那傢伙是家人。所有人都排斥她、疏遠她和討厭她。你要是得知那傢伙的本性，八成也會覺得她很噁心。哎呀，無知也是一種福氣嘍。」浮春撇了撇唇，一聳肩。

「我母親也是，在一次次的內心抗拒下，就變成現在這個樣子。」

咲彌那張清秀容顏色變，不屑地說：「……你們都不正常。」

不是的，都是因為我不是正常的女子，不能作為正常的女兒、正常的妹妹活下去，大家只好不約而同地捨棄真心和羈絆，一切都是我害的。

朝名看向圓睜著雙眼的媽媽，頓時感覺無法呼吸，一股情緒湧上堵在喉頭，好難受。

「妳居然能一臉沒事的樣子。」

浮春從咲彌旁邊經過，站到朝名面前。他伸出手，惡狠狠地一把抓住朝名後腦杓盤起的辮子，硬是讓朝名抬起頭。一陣悶痛，朝名發出細小的哀號。

「妳為什麼總是這樣，總是一臉自己是受害者的表情！受害者明明是我們，真不敢相信，像妳這種東西居然是我妹妹。對！我不知曾多少次這樣想過。」

「住口！」

浮春毫不掩飾自己的情緒，把所有憎惡都發洩出來，咲彌用力推開他。

「老師。」朝名緩緩抬起頭，透過早已矇矓的視野看向咲彌，為什麼反倒是咲彌皺著臉一副想哭的神情。

啊啊，被咲彌發現她其實一直在逞強。朝名並不希望老師認為自己是個可憐、值得同情的女人，但終究只是無謂的掙扎罷了，這就是想多和他再相處久一些的懲罰。

「朝名，妳不用聽這些話，真是夠了。抱歉，是我錯了。」

咲彌像捧著易碎物般雙手輕柔包覆住朝名的頭，摀住她的耳朵。哥哥貶低她、嘲笑她的聲音，在被隔絕的世界裡逐漸消散不見。

（明明不是老師的錯。）

全都是天水家的血脈，和讓大家發現這件事的我不好。都是因為我擁有人魚之血，才害家人傷心難過，害咲彌露出這般悲傷的神情。

「大舅子。」咲彌背對著浮春，出聲叫他。

「怎樣？你想要放棄這樁婚事嗎？」

「不是，既然我將來要入贅，儘早熟悉天水家比較好吧。所以，請你務必同意我先搬進這個家。」

朝名詫異地屏住呼吸。咲彌語出驚人，他居然說想要提早住進天水家。光是剛才那短短幾句對話，就足以讓他明瞭天水家是一個多麼異常而棘手的家族，而他居然打算主動往火坑裡跳，太瘋狂了。

「老、老師，不可以。你為什麼要……？」

「沒關係，我想做自己能做的。」

「可是……」

是啊，咲彌就是個沒辦法見死不救的人。正因如此，從前的朝名才會被他所救。強烈的正義感，還有對爺爺盼望的這份姻緣的責任感，多麼正直又純淨的人啊。可是這一刻，那些特質卻令人憎恨。

「可以啊，你隨時要搬過來都可以。」

浮春回應的語氣果然帶著嘲弄，哥哥前些天的話在朝名腦中迴盪。浮春一定會如他自己說過的那樣恣意使喚咲彌，萬一有朝一日需要封口，除了殺人以外，他什麼事都幹得出來。

「不行，絕對不行！」

朝名希望咲彌再等一下，自己曾和爸爸約定要讓這樁婚事作廢。儘管爸爸遵守約定的可能性微乎其微，但如果拿那個約定當擋箭牌來談判，或許有機會放咲彌自由，朝名什麼都還沒能做到。

「我明明說過，希望老師獲得幸福的。」

「如果就這樣丟下妳逃走，我一輩子都會後悔自己沒有採取行動，一直惦記妳的事。那樣的話，我也開心不起來。」

咲彌投來美麗的微笑，朝名一句話也沒辦法反駁。那笑容既耀眼、又溫暖，可是一想到未來的情況，眼前就陷入無邊的黑暗。

「爸爸，我拜託你，請你取消我和時雨咲彌的婚約。」

朝名深夜前往爸爸的書房，跪在榻榻米上深深低頭。自從和咲彌相親的那天起，只要爸爸在家，她必定會像這樣衷心懇求，卻始終得不到想要的答案。

「煩死了，雙方都已經碰過面了，錢很快就會進來了，事到如今怎麼可能改口。」

「拜託你，我自己不管怎樣都沒關係。」

光太朗坐在坐墊上，雙手交叉在胸前，不悅地哼了聲。

「時雨家那個次男聘禮的金額，就算妳多麼犧牲自己也賺不到。」

「……」

「只要得到那一大筆資金，不管是要買爵位或投資新事業都綽綽有餘，妳能弄來這麼一大筆錢嗎？」

朝名依然伏在地上，咬緊牙關。只要把朝名放在身邊，營業額就可以繼續維持至今的水準，還能拿那筆聘金發展新生意。

朝名不曉得那份聘金到底多少錢，只是從爸爸的話中體認到，那筆金額之龐大是不管賣出多少藥都難以追平的。而且，朝名並沒有能力籌措那麼多錢。

「我不能。可是，爸爸你不是曾答應我，要是我完全奉獻出這副身軀，你就願意考慮看看嗎？」

「我只說考慮看看，又沒說要改變決定。」

朝名打從一開始就明白，那種約定只是口頭敷衍。

（……除非以家中情況為理由，其他不管用什麼辦法，肯定都會傷到老師的心。）

只剩下去求咲彌爺爺這條路了嗎？聽說他老人家臥病在床，也不確定能不能見到人，這個辦法實在不太可靠。

不管朝名如何掙扎，都只會扯咲彌的後腿而已。只要一想到這點，就懊惱到好想從此消失在世界上。

「真是夠了，妳最近真是有夠囉嗦，煩死人了。」冰冷徹骨的聲音。

爸爸不知何時已站起身，一把抓住朝名的手臂把她拉起來。

「爸、爸爸。」

「妳給我過來，讓我重新教妳規矩！」

「痛，好痛……爸爸，不要！」

光太朗拖著朝名向前走，力氣大得朝名的上臂好似要脫臼了。朝名拚命抵抗，但長年虛弱纖瘦的身體根本敵不過爸爸的力氣。

光太朗走出書房，把她拖過走廊，半路上碰見的傭人們全都視而不見。光太朗粗魯地打開別館的木門，胡亂地將朝名扔進去，反手關上門。朝名的身體被重重摔在地上，因撞擊的疼痛而呻吟。

「不要、不要……住手。」

「有夠吵的，壽萬子以前都不會像妳這樣鬼吼鬼叫。果然不該讓妳去讀女子學校的，無知的女人可安靜乖巧多了。」

壽萬子就是朝名的姑婆，爸爸從以前就常把這個名字掛在嘴邊。自從朝名身上出現斑痕起，他老是把姑婆拿來和她比較，叨念著姑婆有多聽話、多安靜，是位端莊的女性。

光太朗用一種極為憎恨，卻又熾熱的眼神，拿出收在櫃裡的皮鞭，緊握在手中。那雙眼閃動著無情的光芒，直直地盯著朝名看。

「爸爸……」

光太朗背對木門朝這邊一步步走近，朝名坐在地上不停向後退，很快地就被逼到牆角，皮鞭的前端向著朝名。

「閉嘴！妳明明只要安靜聽話就好，為什麼老是意見這麼多。」

光太朗使勁向朝名揮鞭。

（為什麼不讓我死呢？）

要一次又一次承受這種痛楚和絕望，為什麼只有自己不能安穩度日呢？不公平！除了天水家之外，同年齡的少女們都過著充滿歡笑的快樂生活。

為了成為一名賢妻良母而勤奮向學，心思馳騁於虛構的故事之中，偷偷戀慕著某個人。心懷對未來的夢想，對明日的無限期待，安穩睡在溫暖的被窩中，所有的一切都和朝名截然不同。

隨著時間過去，朝名漸漸無法思考。最後，她意識昏沉，心中只剩下希望自己早點暈過去的願望了。

第四章

便當與紅豆麵包

教室裡充滿興高采烈的雀躍氛圍，大家假裝在看課本，實則都如痴如醉地望著站在講臺上的那位青年，這早已是見怪不怪的場景了。

「翻到課本第四十八頁——」

就連教師咲彌下了指令，她們的動作也是慢吞吞的，令人懷疑到底有多少學生在專心聽課。朝名翻到指定頁數，視線恍惚掃過一行行文字。

（糟糕，沒辦法集中精神。）

昨天被爸爸鞭打的撕裂傷恢復得很慢，頭腦昏昏沉沉的，沒有食慾，早餐也沒好好吃。挨揍的記憶太過鮮明，全身彷彿到現在還在疼痛。不僅嚴重耳鳴，連呼吸都很難受，整個人很不對勁。

她對於堅持要取消和咲彌婚約的自己，感到很羞愧。面對爸爸和哥哥，依舊無能為力。儘管她早就明瞭這一點，依然感到很受傷。

（要是老師認真了，那該怎麼辦？）

朝名不經意地看向講臺，視線沒有和站在臺上的咲彌對上。她經常會想，身為教師的他，和作為未婚夫的他，簡直像不同的人。

作為未婚夫的他會神情溫柔地直視朝名，而且還會與爸爸和哥哥正面衝突。另一方面，身為教師的他雖然和顏悅色，但態度就是淡淡的，朝名只是他眾多學生之一。

因此，每次看到講臺上的咲彌就覺得他好像別人，莫名有種鬆了口氣，又有些許寂寞的奇特心情。

（如果昨天那些事是一場夢就好了。）

咲彌宣告要搬進天水家的事，還有自己身體狀況不好的事，不能全部消失嗎？

「老師！」就在課堂結束前，一個學生無預警地舉起手。

舉手的是一名叫做吉井的少女。她個性爽朗，舉止有點輕佻，並不是會在課堂上發言的類型。她到底要說什麼，教室裡的同學們全都屏息以待。

就連原本心不在焉的朝名，也因為這不尋常的情況嚇了一跳，輪流看向吉井和咲彌。

「什麼事？」

吉井雙眼發光，立刻起身。

「老師，其實有首和歌我讀不太懂……」

咲彌走下講臺，走到她的座位旁邊。吉井雙頰泛紅，攤開筆記本給咲彌看。

「如果可以的話，可以請老師唸一下嗎？」

「哦，原來是古今和歌集啊。」

咲彌回應她的請求，唸出那首和歌。

「——郭公啁啾，五月菖蒲，令人盲目陷入戀情啊。」

一聲聲嘆息響起，有人滿臉通紅，有人一副快昏倒的樣子，有人流淚，還有人按住嘴巴愣在原地，少女們的體溫讓教室裡的溫度一口氣上升。

咲彌充滿磁性的聲音，靜靜地帶著情感地唸出戀愛和歌，令一群少女神魂顛倒。朝名原先悶悶不樂的煩惱全跑到九霄雲外，甚至連呼吸都忘了。

（……怎麼能把和歌唸得……）

偏偏還是對清純少女來說，內容這麼刺激的一首和歌。咲彌明明不過是唸了一首和歌而已，朝名的雙頰已如火燒般豔紅。

當事者咲彌卻一副若無其事地走回講臺上，暫停先前的講課內容，一本正經地開始說明這首和歌。

「剛剛那首和歌收錄在《古今和歌集》第十一卷〈戀歌一〉的開頭，作者不詳。杜鵑鳥是種會在初夏啼叫，宣告夏天到來的鳥，在和歌中經常被當作表明戀慕心跡的鳥。而菖蒲是一種會在五月開的花朵，同時意味著事物的道理跟理智。」

咲彌停頓片刻，臉上浮現苦笑。「換句話說，這首和歌在感嘆人們對於戀愛的盲目，是一首熱情洋溢的戀愛和歌。」

他完整解釋過後，宣告課堂結束的鐘聲剛好響起。

「今天就上到這裡。多看課外讀物是好事，只不過下次問問題要等下課後喔。」

咲彌平靜說完後便走出教室，教室內的緊繃情緒就像忽然釋放般，頓時湧現一陣譁然。

「時雨老師，多麼罪孽深重的人啊……」

「我剛以為我的心臟要停了。」

「我也是！我的名字就叫菖蒲，被老師叫了好多次名字，真的差點受不了。我第一次這麼感謝自己叫這個名字。」

「哎呀，太羨慕了！我也想被老師叫名字。」

教室仍瀰漫著尚未冷卻的興奮及熱情，其中請咲彌唸短歌的吉井受到眾人讚揚，被當作英雄。

「吉井，幹得好啊。」

「虧妳想得到這麼棒的主意，課本上作品都超乏味的，我早就放棄了。」

「呵呵呵，大家多誇獎我吧。啊！不過……」

她笑得闔不攏嘴，目光卻轉向日森杏子。

「杏子，抱歉。我不小心自作主張了。」

「沒關係，不用在意。」

杏子大方接受吉井的道歉，微微側過頭沉穩微笑，那副笑容美如天仙，同學們紛紛發出「哇～」的驚嘆聲。不過，她為什麼要向杏子道歉？

「什麼意思？」

朝名看不懂眼前的情況，所以直接問坐在附近的杏子，另一名同學從旁插嘴回答。

「哎呀，天水妳不知道啊？聽說杏子和時雨老師其實有婚約。」

「……咦？」

朝名驚愕地睜大眼，杏子並沒有留意朝名的反應。

「能讓大家能看見咲彌帥氣的一面，身為未婚妻的我感到很驕傲。」

杏子害羞地這麼說，雙頰還染上淡淡的桃粉色。但朝名完全聽不懂。

（我聽錯了嗎？杏子要和老師結婚？）

這種事自己從來沒聽過，她隱約察覺到杏子喜歡咲彌，可是這兩人怎麼可能有婚約，就算朝名對八卦再遲鈍。

宛如被人從頭澆了一盆冷水，原本高漲的心情頓時冷卻。

「真叫人羨慕，能和時雨老師交換誓言。每天都可以看到時雨老師的臉蛋，還可以無數次聽他喚自己的名字。」

「光想像都像作夢一樣的生活。」

「哎呀，大家別說了。我之前也說過，只是兩家之間有交情，不過是口頭約定而已。」

杏子大概是終於發現朝名的反應不太對勁，所以一臉歉意地轉過頭來解釋。

「朝名，真的很抱歉，我不是故意瞞妳的。前幾天大家一起出去玩的時候，剛好講到這件事……」

「啊！不，反正……我……」

——對時雨老師沒興趣。

以前能輕鬆說出口的謊話，此刻卻一個字都說不出來，勉強擠出來的笑容顯得僵硬。

「沒能參與到大家的聊天是有點可惜，如果是杏子的話，跟老師很相配呢。」

朝名努力說得開朗，杏子也露出放心的表情。

「朝名，聽到妳這樣說，我真的很高興。」

胸口好痛……原本親密的朋友忽然感覺好遙遠，難道這就是費盡心思和朋友們保持距離的懲罰嗎？

從昨天開始，發生的所有事都像是還債般自作自受。都是自己有所隱瞞，沒把他人的心當一回事的緣故。

所以——朝名和咲彌的婚約，已經說不出口了。不管是對杏子，或是對其他朋友。

時雨家和日森家到現在仍是有權有勢的名門世家，如果是這兩家，比起區區藥商的天水家更加門當戶對。既然兩家從以前就有交情，那就更不用說了。

（對了，還發生過那種事呢。）

朝名想起咲彌和杏子並肩而行的身影，兩人站在一起的畫面十分登對。如果是朝名和咲彌，看起來就沒那麼和諧。

朝名用戴著蕾絲手套的手，摸了摸自己缺乏彈性的乾燥臉頰，和杏子泛著櫻花粉色看起來柔軟又光滑的肌膚完全不能比。

（老師和杏子結婚的話，一定會幸福的。杏子是每個人都憧憬的出色女性，這一點作為朋友的我再清楚不過了。）

果然，像杏子這樣的人跟咲彌才相配。站在貴公子身邊的就該是漂亮、聰明，宛如向陽綻放的花朵般的大家閨秀，而不是她這個怪物。

午休時間，朝名坐在人魚花苑的池畔邊。其實要在教室吃午餐也可以，但教室內的熱烈氣氛還未消退，讓她有點如坐針氈。

更何況大家都把杏子捧成咲彌未來的妻子，讓朝名這個真正的未婚妻難免尷尬。因此她謊稱要去洗手間，把便當藏在身上就偷偷逃出教室。

（話說回來，杏子不曉得老師訂婚的事嗎？）

朝名內心納悶地想著，同時把放在大腿上的便當布巾打開。其實，朝名自從知道時雨家和日森家從以前就密切往來後，就一直提心吊膽，怕杏子不知何時會聽到消息。可是，她看起來完全不知情。

朝名也想過杏子是不是裝傻，但從今天的事來看，她明白不可能是這樣。杏子如果知道真相，絕對不可能是這種反應。

「杏子果然什麼都不知道啊。」

杏子在不知情的情況下，還以為自己即將與咲彌結婚，更令朝名內心十分煎熬，這下完全陷入婚約和友情的矛盾了。

（而且，還不只這樣。）

心裡這股悶悶不樂的感覺，感覺不該去深究這種情愫的原因。

「不知道什麼？」

驀地背後響起說話的聲音。朝名回頭，正好看見咲彌從茂盛的山茶花枝葉中走出來。

「老師！你怎麼來了？」

「因為我剛才去教室沒看到妳，就猜到妳可能在這裡，剛好有點事想和妳說。」

他撥開樹葉和小樹枝，手裡拿著一個小布包，在保持一段距離後坐在朝名旁邊。咲彌第一次不是在放學後，而是在午休時間造訪這裡。

「妳放心，我來這裡的路上有特別小心，沒被任何人看見。」

「謝、謝謝你。」

「祕密基地要是變得人盡皆知就糟了。對了，妳剛才是在說不知道什麼？」

朝名以為逃過一劫，怎知咲彌沒那麼輕易放棄。該怎麼辦？朝名先是遲疑，接著決定不管那麼多了，自己一個人煩惱也沒用。不知道的事，再怎麼想也想不出答案，這種時候就直接問清楚事情真偽。

「那個……老師。」

「什麼事？」

「聽說你和日森杏子有婚約，是真的嗎？」

朝名問得戰戰兢兢，咲彌則詫異地睜大雙眼。

「這種事，妳從哪裡聽來的？」

朝名說話時小心翼翼，避免讓咲彌察覺到自己的悶悶不樂。杏子說她和咲彌約定要結婚，而班上同學都理所當然地接受了這個說法。

「她怎麼可以……」

朝名一說完，咲彌神情苦澀地蹙眉，輕輕地嘆一口氣。他的反應並非難以啟齒，更像是厭惡。

「我先講結論，那是誤會。和我有婚約的人，只有妳。我跟杏子一點關係都沒有。」

「誤會？」

朝名有點好奇是怎麼樣的誤會，不假思索地反問，咲彌慌張地直搖頭。

「我真的沒做任何虧心事，只是我剛搬進時雨家那陣子，她很喜歡找我玩。」

總而言之，以前年幼的杏子曾向咲彌宣告「我要成為你的新娘」，咲彌沒有正面回覆就敷衍過去，但她可能把那個約定當真了。此外，日森夫婦多半也有從旁暗示，所以加深了杏子的這種想法也說不定。

「那麼，老師之前和杏子一起來學校那次也是？」

「妳知道了啊，抱歉……我只是不好意思直接拒絕，想說只要陪她一次就好，一定讓妳不高興了吧。」

「不會，沒有不高興，聽你這樣說我就知道了。」

「嗯……長輩們確實可能有這種打算。時雨家跟日森家從以前就有交情，雙方又聯姻過好幾次，他們是說過既然杏子這麼愛黏著我，不如將來就結為夫妻。」

咲彌說完後，就無所謂地聳聳肩。「當然，我完全沒有意願，就算杏子愛來找我，我也不記得自己有對她很親切。話說回來，要為時雨家結婚，這種事我可是敬謝不敏。」

他的語氣難得這麼激烈，朝名抬頭看著他。雖然咲彌的語氣中流露出對時雨家的嫌惡，但他臉上的表情只是稍微困擾而已。

即使本人覺得對杏子不親切，但從杏子的角度來看，應該感覺不出來吧。這句話讓朝名聯想到過去的自己，內心泛開苦澀。

「可是，老師你跟我的婚約……」

你是接受的，對吧？她想這麼問，卻遲疑了。因為聽起來像是責備，也像是諷刺。

「不過和妳的婚約不一樣喔。不是為了時雨家，是為了爺爺，所以我才決定接受，雖然我這樣說也會讓妳不舒服。」

咲彌聽懂了朝名欲言又止的話，所以笑著回答。當然，朝名沒有感到任何的不舒服，反倒是……

「如果你當時拒絕的話更好。」朝名輕輕地說出真心話，隨即低下頭。

自己實在沒有勇氣看他，因為朝名很清楚，不管他臉上出現憤怒、悲傷、失望、失笑或是困惑的表情，自己都會很難過。

「妳不想和我結婚嗎？是討厭結婚這件事，還是討厭我？還是兩者皆是？」

「……」

朝名一句話都說不出來，眼角餘光瞥見身旁的咲彌突然把腳伸直。

「算了，無所謂。在這麼舒服的地方，不好好享用午餐就虧大了。」

看起來咲彌完全融入這個地方，朝名聽了之後也點頭附和「說得也是呢」，兩人有默契地都不再說話。

今天的人魚花苑比平常更恬靜。輕風徐徐吹來，山茶花茂盛的枝葉低聲沙沙作響，池水冷冽的氣息捎來涼爽，陽光也離盛夏的炙烈驕陽還差得遠，溫柔得恰到好處。一定沒人想得到，這塊土地其實藏著見不得光的祕密。

朝名打開檜木便當盒的蓋子，裡面滿滿擺著白飯、醃梅干、厚煎蛋、涼拌蕪菁和燉煮蜂斗菜等菜餚。當然，是天水家家僕親手準備的。那些家僕平常態度總是很冷淡，但手藝是無庸置疑的。

他們每天都像這樣幫自己準備便當，也沒有對照料朝名的工作感到厭煩。因此，每次朝名碰到他們，都會盡量道謝。朝名側眼窺視咲彌的便當，在他的橢圓形木製便當盒裡，只裝滿了外形不太美觀的飯糰和醃蘿蔔。

咲彌似乎是察覺到朝名的視線，露出苦笑。他順手將臉頰旁的頭髮勾到耳後，這動作莫名性感。

「妳一直盯著看，我有點不好意思。」

「啊！抱、抱歉。」

「沒關係……不過，跟妳的便當相比，看起來不太豐盛吧。我媽不太擅長料理。不過，味道不差喔。」

朝名訝異地搗嘴。「咦？便當是老師的媽媽做的？」

「對，我現在不是住在時雨家的本家宅邸，是住在我媽媽的家。雖然會有幫傭定期過來，但我媽是喜歡自己動手做的性格。」

咲彌的語氣雖然帶著幾分無奈，目光卻非常溫柔地流露出珍愛，透著一股暖意。清楚顯現出不管嘴上怎麼說，他是很重視母親的。

朝名有聽說咲彌是妾的孩子。從他剛才對時雨家的排斥，可以看出咲彌對讓自己媽媽成為妾的時雨家家主，抱持著複雜的情感。

「真棒吔，媽媽親手做的便當。」

朝名的話並沒有其他含意，只是自然脫口而出的真心話，咲彌的目光似乎略微尷尬地避開了。

「嗯，我認為自己很幸福，有爺爺、媽媽和妳在。」

「咦？我也算嗎？」

「算。妳想和我劃清界線，是不希望我靠近妳家吧？」

朝名倒抽一口氣，他居然發現了。不，看朝名的態度和天水家昨天的那種情況，不管是誰都會察覺吧。

可是，朝名沒有正面答覆，反倒是輕聲說：「老師，你只是意氣用事而已，要同情我沒關係，但這就正中爸爸和哥哥的下懷了。」

咲彌望向朝名。「沒關係喔。即使這樣，我也喜歡和妳一起待在這裡的時光。」

這句話比過往任何一句話都強烈感染了朝名全身，她很開心，因為她也是這麼想的。兩人暫時都沒開口，動著筷子。不可思議的是，這份沉默卻不令人坐立不安。只要細心感受人魚花苑中草木及清水的氣息、香氣和鳥鳴，感受著坐在身旁的未來伴侶的存在，心裡就感到踏實。

「我吃飽了。」

不久後，先吃飽的咲彌動手收拾便當盒。接著，朝名也雙手合掌說「我吃飽了」。

對話並不是特別熱絡，內心卻有股濃濃的滿足感。一個人待在這裡時，有時會幾乎感受不到自己的存在。

真想變成水——變成透明又美麗的水，流進河川，流到任何地方，流向遠方。不斷向前，有一天與廣闊的海洋化為一體，成為其中的一個小水滴。這麼一來，誰都不會注意到朝名的存在了。

不受任何事物束縛，無喜也無悲，只在海中漂蕩，一定很幸福、很滿足。就像是那種荒唐無稽的願望化為現實，自己會有種徹底融進大自然裡的感覺，忘卻了時間。

可是和咲彌待在一起，完全不會出現那種感覺。反倒是讓朝名感受到，自己的雙腳踏在地面上，真切地存在著。

「朝名。」

「是，什麼事？」

「妳今天放學後有空嗎？」

聽見咲彌不知何故拋來的問題，朝名抬起頭。

「嗯，那個……」

很遺憾朝名並沒有可以隨意移動的自由，不管去哪裡都有人監視，只要做出異於平常的行為，毫無疑問地會被責難。

「嗯。那妳願意陪我一下嗎？我打算今天就搬去妳家——」

「今天！」

「對，就是今天。所以我想說去買些必需品，希望妳能陪我。」

咲彌突如其來的告知，令朝名訝異不已。她還在懷疑咲彌不知道是不是認真的，怎知他居然今天就打算搬進來了。更令朝名詫異的是，咲彌的決斷力和行動力。

「不過我不能隨意在外面閒晃……」

和咲彌一起逛街，多麼吸引人的提議啊。可是，如果讓爸爸知道了，肯定要出大事。

朝名垂下頭，咲彌望著她。

「就算一直有人監視也不行嗎？」

「老師發現了嗎？」

咲彌接著說出的這句話，更讓朝名訝異萬分。負責監視朝名的是該領域的高手，外行人幾乎不可能察覺到他們的存在，就連知情的朝名也常常搞不清楚他們人在哪裡。可是，咲彌卻看穿了。

「老師，你不是普通人吧？」

面對朝名從低處仰望投射而來的可疑目光，咲彌用一種帶著一絲狡黠的笑容回答「沒那種事」。

「如果那些監視者回報妳爸爸，我也有很多種說辭可以應付。最重要的是，反正我們家還沒給他聘金呢。」

咲彌的笑臉讓朝名嘴角痙攣了一下。沒想到，美男子在策畫陰謀時的表情，看起來很可怕，她體悟到這種無謂的知識。

（沒想到老師也有壞心眼的一面。）

看來他這個人不只是帥氣溫柔而已，但這也令人感到非常可靠。

「走吧，我們該回去了。」

咲彌開口催促後，兩人朝人魚花苑的出口走去。平時要回教室或回家時的那種無力和憂鬱，此刻完全沒有出現。

「老師，謝謝你。」

朝名輕聲說，咲彌並沒有回頭。

咲彌既然發現有人監視，也就明白朝名沒有行動自由，所以他才會像這樣，帶自己出門走走。

這份心意比任何事都令她開心，這也讓朝名開始有一點點喜歡這樣的自己了。

兩人約在沒人會去的講堂後方。朝名小心到不能再小心，極力避開他人的注意，來到講堂後面，等著咲彌過來。

朝名一想到自己即將忤逆爸爸和哥哥的命令，而且還要和咲彌一起上街，心裡就七上八下地靜不下來。同時，她也擔心被班上同學發現，和咲彌相處的時間愈長，她就愈抗拒去思考以後的事。

（老師，不會接受我拒婚吧……）

要是朝名說希望將這樁婚事作廢，他會做出何種判斷呢？他會因憐憫朝名的處境而繼續這份關係嗎？或者依循朝名的請求，抽身離開呢？

無論是哪種結果，等他得知朝名的身體情況後，一切就跟現在不一樣了。當朝名獨自沉浸在愈來愈灰暗的思考中時，咲彌出現了。此時距離日落還有一段時間。

「抱歉，讓妳久等了。」

「不會。你的工作沒問題嗎？」

朝名光是看見咲彌朝自己走來，原本陰鬱的心情就亮了起來，她對自己居然如此單純感到傻眼。

「沒關係，因為我可以把工作帶回家。教師的工作比我之前留學時，在研究室遇到的麻煩輕鬆多了。」

「研究室？老師你之前在做什麼研究嗎？」

「嗯，一點點而已，我比較像打雜的。在包住宿的情況下幫教授打理大小事，也要收集整理資料，或陪同去田野調查之類的。這位教授也是一個相當特別的人——」

咲彌的每一句話，聽起來都像不曾見過的珍稀寶石般閃閃發光。朝名盼著聽他說更多關於陌生的國度、文化和生活，無論是過去或現在，只要是他的事，朝名都想聽。她的臉上流露出不帶客套的真摯笑容。

「聽起來辛苦，可是你好像樂在其中。」

「嗯，是啊，我很樂在其中。」

咲彌看見朝名的笑容，先是一愣又立刻回神，點頭回話。

「我們走吧。」

「好。」

在女學生紛紛回家後安靜的學院校園內，兩人靜靜走著。明明白天的學院那麼喧鬧，但此刻唯有兩人的腳步聲敲打著耳膜。

不過朝名依然有些緊張，該不會還有人留在學校，正巧看見自己和咲彌走在一起吧。她想著早知道就約在外頭碰面，只是如果朝名一個人在外頭晃來晃去，就會被那些負責監視的人攔下吧。

兩人順利穿過校園，踏上馬路。朝名在和咲彌會合前，就先請來接自己的汽車回去了。司機因為朝名最近頻頻擅自行動而臉色不佳，但並沒有特別抱怨。

「好熱鬧喔……」

兩人走到大路上，搭上路面電車，車窗外的眾多行人和街景緩緩流過。

朝名好久沒有搭路面電車了，電車內很擁擠，有身穿西裝的紳士，也有穿著裙子、頭戴有花朵和蝴蝶結裝飾帽子的時髦女性，還有身穿符合初夏時節單衣的男男女女。

多年來，朝名一直過著只搭自家車往返女子學校和家裡兩點一線的生活，這種目不暇給又吵雜的環境和香氣，都令她不太習慣。

朝名坐在座位上，專心感受街上的氛圍，而咲彌抓著吊環站在旁邊，雙眸靜靜望著她。

「妳很少來街上？」

「對……因為我不能擅自出門。我要是出門，爸爸和哥哥就會氣急敗壞地追上來。況且，他願意讓我去念女子學校，已經是奇蹟了。」

自己要是像姑婆那樣，對外宣稱有心理疾病，實則是被關在家裡也不奇怪，所以朝名已經很幸運了。

爸爸好像認為繼姑婆之後，家裡又有人精神出狀況是醜聞，所以朝名才得以去學校上課。其實對外說朝名死了也可以，但似乎是勝井子爵阻止了這件事。

他說無論如何一個女子要習得教養，了解世事，有一點個人意志，這樣虐待起來才更有快感。爸爸曾得意洋洋地這麼轉述著。換句話說，朝名就是有錢人找樂子用的道具。

「——我們要在這裡下車。」

路面電車一停下，先下車的咲彌朝朝名伸出手，她略帶遲疑地握住了，也跟著下車。

靠近市區而非山側的街道，實在難以用簡潔來形容，非常雜亂。

無論是一排排店家，門前立著的宣傳旗幟，人們的打扮色彩鮮亮華麗，設計爭奇鬥豔，盡是看不習慣的風格。整條街都像是緣日[10]時會出攤的攤販，熱鬧又搶眼。

這種獨特的熱鬧氣息在行禮如儀的女子學校中，根本感受不到，所以令朝名十分震撼。上次來這裡，說不定是小時候全家還能一起出門的時候。繁華帝都的樣貌，似乎跟過去完全不同了。

「老、老師，你的手。」

朝名驀地回神，放開原本暫時牽著的手。咲彌則神情奇異地注視著那隻手。

「啊……一不小心，抱歉。」

「沒關係。」

「對了，之前我就注意到了，妳那雙手套——」

咲彌突然提起手套，朝名雙肩顫抖了一下。今天手上的蕾絲手套正是咲彌以前送的那雙，朝名立刻把手藏到背後。

「手、手套怎麼了嗎？」

---

[10] 緣日：日本文化中與神佛結緣的日子。通常是神佛誕生、降臨、示現和誓願的節日。

「我剛剛忽然想起來，以前我媽有一雙跟這個很類似的手套……」

「哦、哦。」

糟糕！不，沒什麼糟糕的，但還是讓朝名冷汗直冒。沒問題的，就算咲彌想起過去曾偶遇朝名的事，也不會造成問題。可是，不知道為什麼，朝名有點不希望他發現。

（是覺得自己小時候一直哭很丟臉嗎？還是不曉得該做何反應才好呢？）

明明是自己的內心，卻搞不清楚怎麼回事，朝名不禁有些焦躁。

「那雙手套，我記得我送人了。」

咲彌看向空中努力搜索記憶，朝名用力吞了一口口水，緊張地望著他。

「對，在那一天的前一天……送給一個小女孩。啊，抱歉！這件事對妳來說應該很無聊吧，我們走吧。」

咲彌似乎放棄回想，朝名輕撫胸口。不過，他已經很接近答案了，就算把那個小女孩和朝名聯想起來也不奇怪。

（希望在老師想起那件事以前，讓這樁婚事作廢。）

兩人繼續在街上走，逛著各種店家。咲彌要買的都是些小東西，牙刷、刮鬍刀和毛巾這類日用品。一問之下，他說換洗衣物就帶手邊現有的過去。

「我們家都有準備客人用的寢具或餐具，可以用那些就好了。手巾之類的，家裡也可以準備……」朝名思索著咲彌來住會需要的物品。

「謝謝妳，朝名。陪我一起來採買。」

「不客氣！我很高興可以幫上老師的忙。」

咲彌再次道謝，朝名慌忙搖頭。

老實說，朝名不希望咲彌來天水家，她擔心咲彌的安全，真是擔心到心亂如麻。可是，她又克制不住地感到雀躍。她現在就像是一朵在荒蕪道路上綻放的野花，老師就像那一道射穿黑暗的光線，照射在這朵路邊的野花上。

她非常清楚自己不該期待，希望他能改善天水家的現狀，或是希望他能站在自己這一邊等想法，因為那對他來說只是種不幸。

「謝謝妳這樣說。」

「我是真心的！」

「那就更令人感激了呢。」

兩人互相謙讓，看著對方同時笑了出來。並不是有什麼好笑的事，但那種安心的氛圍令人心裡暖暖的。朝名光是和咲彌講講話，就能忘卻自己心中的不安。

「對了。朝名，妳喜歡甜食嗎？前面有一家紅豆麵包很好吃，妳想吃的話，要不要現在過去？」

「紅豆麵包！」聽見咲彌說出的話，朝名眼睛都亮了。

她最喜歡甜食了，不管是糖果餅乾或水果，日式西式都來者不拒。因為家人說吃太多甜食，血液中會混進雜質，所以她很少有機會吃。

「我想去，非常想。」

「那我們就去吧。」

「老師，你也喜歡甜食嗎？」

兩人朝那家店走去，朝名一問，咲彌就說「普通喜歡嘍」。

「我喜歡甜食和酒，並且喝不醉，介於嗜甜者和嗜辣者之間吧。」

「這樣呀。喝酒我不太行，以前我曾舔過一小口，覺得好苦好苦。」

而且還被痛罵、痛揍了一頓，因為只要喝酒，酒精就會混進血液裡，造成品質下降之類的。酒對人魚之血女子的體質造成的影響似乎比甜食還大，因此酒對朝名來說只殘留下苦澀的印象。

「我小時候也不懂大人為什麼要說那麼難喝的東西美味，啊啊……好懷念喔。」

「呵呵，老師的小時候啊，我有點沒辦法想像。」

「就是個很普通的小孩喔，有點臭屁也有點膽小，還有點無知又是個愛吃鬼。」咲彌雖然臉上笑著，但說話的語氣卻帶點情緒，流露出對小時候的自己的無能為力。可以看出，他並不是那種一生順遂幸福的大戶人家公子。

兩人往大街上走去，有股甜香慢慢飄來。接著，一家宣傳旗上寫著「紅豆麵包」、「豆沙小饅頭」和「最中⓫」等的小店映入眼簾。看起來不是新開的店，焦茶色的木頭店面清楚展現出老字號的深厚分量。

「到了，就是這裡。」

「還沒進店裡，就知道一定很好吃。」

朝名認真地回，咲彌悶笑一聲。

「老闆聽到這句話一定會很高興——你好。」

咲彌伸手揭開門口的半截布簾，拉開拉門，朝店裡喊。然後，一位身穿黑色工作服、神

⓫最中：傳統日式點心，將糯米粉溶於水中桿成薄皮，放入模型中烤製成型，再將紅豆餡填入烤好的外皮中。

情冷淡的中年男性從店內探出頭來。

「哦。什麼啊，是阿咲你喔。」

「老闆，好久不見。」

「豈止好久不見，都幾年了。」

男人——老闆板起臉並皺眉。不過朝名看得出來，他臉上神情並非嫌棄，老闆並不是討厭咲彌，只是在表達自己的擔心而已。咲彌似乎也明白，愉快地微笑。

「幾年喔，大概三年吧，因為我去留學了。」

「沒人問你細節。這位小姐是？」

老闆的視線投向朝名。他身軀壯碩，目光又銳利，要不是知道他是咲彌的熟人，自己可能會倒退三步也說不定。

朝名拿出最甜美的微笑點頭致意。「初次見面，我叫做天水朝名。時雨老師是我在夜鶴女子學院的國文老師。」

「時雨老師？」

「我現在在夜鶴女子學院當老師喔。」

老闆驚訝地抬高音量問，咲彌便向他解釋，老闆的眉頭鎖得更緊了。

「你當老師行嗎？那個柔弱的阿咲？」

「你別看我這個樣子，我的風評可是很好的，而且老師這份工作是爺爺安排的。他說『要是不管你，感覺你會變成高等遊民，那可不行。』」

「他說得沒錯。」老闆原本的冷淡表情終於放柔了些，呵呵笑著。

對話告一段落後，咲彌點了兩個紅豆麵包。老闆嘟囔著，咲彌隔這麼久好不容易才來買，不是剛出爐的怎麼行。但包在白紙中圓滾滾的紅豆麵包，光用看的就覺得冷了也好吃。

「小姐的麵包算我送的。阿咲，你付你的分就可以了。」

朝名看到咲彌從懷中掏出錢包，就趕緊出聲了。

「那怎麼可以，我自己付。」

「沒關係的。朝名，妳的分我來付就好。」

「可是……」

即使咲彌出聲阻止，朝名還是沒辦法乖乖聽話，而且她身上還是有點錢的。

「就算是謝謝妳今天陪我，還有上次妳借我傘的謝禮。」

「傘那麼小的事……至於今天，說到底也是我們家害的吧。」

要不是天水家有問題，咲彌也不會在結婚前就提出要搬過來，那今天就不需要來採買這些東西了。所以說，朝名陪同反倒是理所應該的。

「所以呀，阿咲，你就付你那份就好啦。囉哩囉嗦的。」

咲彌照老闆說的只付了自己那份錢後，兩人朝店門走去，畢竟繼續吵下去只會打擾老闆做生意。朝名也再三向老闆道謝，但不知道為什麼老闆說「是位禮數周到，十分出色的小姐呢」，大肆讚美了朝名一番。

「朝名，老闆很喜歡妳呢。」

一走到店外，咲彌就一臉我很清楚的表情點頭說，朝名很困惑。

「我只是說了該說的話而已……」

「可以理所當然地做出理所當然該做的事，就很棒了。而且老闆看起來這麼凶，妳也沒有害怕，有好好打招呼。」

「那是因為他是老師信任的人啊。」

店附近恰好有張長椅，朝名和咲彌在那裡並肩坐下來，咬了一口手中的紅豆麵包。

「哇，好好吃！」

微微帶著酸味，蓬鬆柔軟的麵包，配上濕潤黏稠甜味高雅的豆沙。兩者在口腔中混合，交織出極致美味。繼續咬下去，就會吃到麵包正中間的鹽漬櫻花。那股鹽味又勾起另一種美味，完全不會膩，好像不管幾個都吃得下去。

「太好了。老闆的紅豆麵包很好吃對吧？」

「真的！我第一次吃到這麼好吃的……」

朝名終於明白咲彌為什麼會成為常客了，麵包好吃到讓朝名想著要是自己可以自由行動，下次也想來買的程度。

朝名一口接一口，細細品嚐。就在麵包吃完時，突然一道僵硬的聲音喊了咲彌。

「你果然在這裡。」

「深介……」

出現在眼前的青年，年齡應與咲彌相仿，身上那套無一絲皺褶的三件式西裝很適合他，頭髮也梳得整整齊齊。身形高䠷瘦削，容貌也很帥氣，卻給人一種性格清冷的印象，整個人散發出一種固執。

被咲彌喚作「深介」的他直直盯著咲彌，只看著咲彌一個人。朝名轉頭看向咲彌，他則是略顯尷尬地微微皺眉。

「那天以後，你連個消息也沒有，我怕有什麼狀況就過來看看。」

「抱歉……最近比較忙，但我沒事。」

「很忙？你看起來倒是很有心情玩嘛。」

充滿諷刺的語氣，讓朝名差點忍不住瞪向深介。一個人要在哪裡做什麼，不是他的自由嗎？就算是朋友，也沒資格限制別人的私生活。

咲彌什麼都沒說，現場陷入凝重的沉默。可是，深介似乎根本不在意這種氣氛，絲毫不認為自己有錯。

「我有話跟你說，跟你的未來有關。你待會兒有時間嗎？」

咲彌大大嘆一口氣。「沒辦法，我等一下要和她一起回家，沒時間陪你。如果你有話要說，就現在說吧。」

「……我不希望有別人聽見。」

深介銳利的眼神一瞬間射向朝名，他的意思恐怕是朝名會打擾到他們談話吧。

朝名察言觀色後站起身。「我先離開，兩位請慢慢聊。」

「抱歉，朝名。」

「沒關係，不能打擾男士們談話。」

朝名微微一鞠躬，走去稍微有一段距離的地方站著。

咲彌朝深介示意，兩人走進店面和店面中間的陰暗小巷子裡。

◆

咲彌問深介「所以你到底要說什麼？」語氣多少帶著刺，這也是難免。深介非常了解咲彌，但他對朝名的那種態度實在令人難以接受。

深介表露出自己的不悅。「我完全聯絡不上你，沒轍之下只好出門找人，結果還以為是哪裡跑來的花痴男咧。」

「你還真敢說吔。」

咲彌開玩笑似地聳聳肩，深介眉頭皺得更深了。

「……那個女學生，就是天水朝名吧，天水家的女兒。」

「是又怎樣。」

「我不是再三告誡你，別跟他們家扯上關係！」

深介平常就是典型的鋼鐵直男，絕不受他人左右，現在居然這麼情緒化，實在太不像他了。咲彌暗自詫異，但表面上只是靜靜嘆了一口氣。

「她不是壞孩子。」

「就算這樣，天水家根本爛到沒藥救了。我愈是調查『人魚之血』，就找到愈多骯髒的事實。」

「深介……我決定暫時住進天水家了。」

「你說什麼蠢話！」

蠢也無所謂，咲彌就是沒辦法對朝名見死不救。一開始只是想完成爺爺的心願，也對爺爺說這是她和我的命運這句話有點好奇而已。

可是，在人魚花苑微笑的她，被自己媽媽忘記的她，被爸爸和哥哥責罵的她，讓咲彌忍不住盼望，希望有一天她的臉上不再是那種令人心痛的客套笑容，而能打從心底開懷大笑。她就像小時候的自己，要不是爺爺和媽媽站在自己這邊，咲彌大概也會變成那個樣子吧。所以對咲彌來說，幫助朝名正是幫助過去的自己。

如果深介的話屬實，就連只是獲得一般人的幸福，對她而言都是一條布滿荊棘的道路吧。那麼陪她上路的咲彌自然也逃不過，事到如今已經沒辦法輕易放手了。

「搬進天水家，不是因為爺爺的意思，這是我自己決定的。」

從深介眼中看來，咲彌肯定是天字第一號大傻瓜。天水家任誰來看都明顯是個火坑，卻還偏偏自己主動跳進去的蠢蛋。可是，那個火坑中有人需要幫助的話，那跳進去也沒錯。

「人再好也要有個限度吧。」

「我可不是個好人，這種事你應該清楚才對。」

「不過是個順勢才訂婚的女人而已，你就打算無條件出手相救，這不是好人是什麼？」

「……這個嘛……」咲彌自己也不曉得。

深介可能是覺得咲彌在敷衍他，氣得咬牙切齒。

「你會後悔的。」

「如果和她的婚事告吹了，我大概會更後悔。」

「要是被那些傢伙知道你的另外一面，你就成了他們眼中上好的獵物，你要平白送錢給那些壞蛋？」

「我會很小心，避免那種事發生。當然，也會避免被牽連進那些惡劣行徑。」

就算撇開時雨家，咲彌光自己賺的錢就多到花不完。那筆聘金的數字，就算不麻煩時雨家或爺爺，自己也拿得出來，只是自己並不希望那些錢被用在壞事上。

看著咲彌絲毫不退讓，深介默不作聲，別開目光。

「你擔心我，我很感激。只是，我自己選的路，我自己會負責，沒事的。」

「……我不想看你選那種麻煩又困難的路。」

他語氣示弱輕聲說著，眼角微微泛紅。

咲彌轉過身，背對深介回到朝名身邊。她獨自杵在那裡的身影看起來很無助不安，儘管只是短短幾分鐘，咲彌也很後悔放她自己一個人。

朝名總是笑容滿面，舉止堅毅，讓人以為她與外表給人的印象不同，十分沉穩，因而差點忘記，她並不是出於喜歡才總是一個人的。

「久等了。」

「老師，你們聊好快。」

在咲彌出聲的同時，朝名的表情瞬間發亮，露出與年紀相符的少女嬌羞神態，十分惹人憐愛。

「走吧。」

「沒關係嗎？他是你的朋友吧。你們應該好好聊聊……如果是擔心我的話，沒關係的，我可以一個人回去。」

「沒關係，再待下去時間就太晚了。既然是朋友，就會懂的。」

我要改變現狀。對，咲彌下定決心，管他是人魚還是八百比丘尼，只要努力改變天水家，保護好朝名，也避免深介的擔憂成真就好。

第五章

天水家

「從今天起，請各位多多關照了。」

咲彌用一副無可挑剔的溫和笑臉打招呼，坐在上座的光太朗以極度不悅的臉色接待他。

天水家的會客室裡，朝名和咲彌，光太朗、浮春、桐子和天水家的人全員到齊。爺爺奶奶也住在一起，但身體已經很虛弱，最近大部分時間都下不了床，就沒有過來。老實說，朝名只要面對爺爺奶奶就忍不住害怕，所以她很慶幸兩位老人家缺席。畢竟下手送姑婆上西天的不是別人，正是爺爺。

「既然我兒子已經答應了，關於你要住進這個家的事，我沒有意見。」

「是，謝謝。」

咲彌有禮地鞠躬，光太朗皺眉，臉色很難看。

光太朗第一次和咲彌碰面就被他撞見痛揍朝名的場面，看來是沒有打算做表面工夫了。

而咲彌完全不介意光太朗這種態度。

浮春小聲嘟囔。「沒想到你還真的來了。」

一副無所謂的語氣，從聲音中聽不出任何情緒。

「我從來不信口開河。關於這一點，你們可以儘管信任我。」

「你這個人真麻煩。」

「常有人這樣說。」咲彌又露出傻愣愣似的笑容這麼回答著。

浮春看著他，嘴角扭曲了一下。

「時雨。」

「父親大人，請叫我咲彌。」

「……時雨。你要待在這個家裡可以，但是我有條件。」

光太朗無視咲彌的話，緩緩開口。

「你要立刻登記結婚，付清聘金，婚禮可以日後再辦。如果你做不到這件事，就請你立刻離開。」

「怎麼可以！」原本一直默默聆聽的朝名忍不住出聲。

太霸道了，這等同於當面宣告他沒有金錢以外的存在價值。如果接受這項條件，咲彌很可能會失去所有財產，甚至面臨人身安全的威脅。

光太朗厲聲喝斥。「妳給我閉嘴。」

朝名雖然害怕，但無法保持沉默。

「可是，爸爸你一直說著聘金，你不是要老師入贅，其實是要錢入贅吧？」

「不都一樣嗎？」

「哪……」聽見這句對咲彌極其失禮的發言，朝名啞口無言。

光太朗則泰然自若地雙手抱胸，看向咲彌。「原本，聘金的數字就是時雨家提出來的。因為你們家出的價格高過勝井男爵，想必也是早就清楚我們家的處世方針才來談婚事的吧，那我有什麼好客氣的。」

「嗯，這倒是呢。」

沒想到咲彌聽了這段粗俗言論，臉上笑意不減分毫。光太朗說得若無其事，咲彌則始終保持沉穩笑容。如果單看這兩人的表情，還以為他們是在隨口閒聊。

「我明白了，這條件沒問題。我現在就馬上在結婚書約上簽名。」

「老師！」

「我不打算改變自己的決定，所以結婚登記是今天、明天或一年後，沒有差別。」

咲彌都這麼說了，朝名也就不再多言。到頭來，還是全都失敗了。沒能成功讓咲彌遠離天水家……

（只剩下告訴他我的身體情況這個辦法了。）

他要是知道即將成為妻子的這個人是怪物，應該沒辦法像現在一樣處之泰然。就算再怎麼想靠理智去說服自己接受，本能也會抗拒。人魚之血女子，這是朝名有生以來第一次，把希望寄託在這種體質上。

打完招呼後，就到了歡迎會的晚餐時間，但朝名只能回自己房間。桐子至今還以為咲彌是浮春的好友，正卯足勁準備大展廚藝。當然，歡迎會徒具虛名，浮春等人仍是一言不發，光太朗似乎只要能把錢拿到手，其他都無所謂。

結婚書約明天就會提交，同時支付聘金給天水家。遠處偶爾會傳來浮春的笑聲及桐子尖細的說話聲。咲彌好像被勸了很多酒，朝名一直在房裡豎耳傾聽一切動靜。

「老師應該還不會被殺，可是我該怎麼做？」

朝名希望盡可能陪在咲彌身旁，但朝名被禁止在用餐時間靠近家人。因為人魚之血的關係，也被禁止踏入廚房，而且只要她一違反約定，就必須立刻離開學校。

（……真無力。）

朝名的房間如果拉開走廊上的和紙拉門，會看見牆壁內側有一圈黯淡咖啡色粗木柵欄環繞著，只有一個小出入口和一扇木格拉門透光窗戶。裡面是和室書桌、棉被、鏡臺、檯燈和五斗櫃，沒有任何多餘物品，全都是爸爸或哥哥給的。嚴格來說，算不上是朝名的東西。

家裡的保護——只要朝名一天被這個名目支配，她就什麼都做不了。可是如果離開家裡的保護，她對一切更是無能為力。因為朝名擁有的只有這副不祥身軀而已。她只是不希望恩人被牽扯進來，就連這麼單純的願望都如此困難。

朝名抱住雙膝，將臉埋進去。她就這樣一動也不動，不曉得時間究竟過了多久。不知不覺中，起居室的歡迎宴似乎結束了。

「——朝名？」

突然，和紙拉門的另一側傳來咲彌的聲音。朝名應聲「是」，同時慌張起身，拉開門。

「老師，怎麼了？」

「我只是想跟妳聊一下，他們說妳房間在這裡。」

咲彌的視線越過朝名看見房內的情況，不禁倒抽一口氣。

「這個房間是？」

「是我的房間，請進。」

咲彌驚訝得說不出話，環顧房內，皺起眉頭。

「這哪裡是房間，根本是牢房……」

他準確地說中了正確答案，朝名不由得苦笑。

位在天水家宅邸深處的這間房，是過去姑婆也住過的。那時似乎連像樣的日用品都沒有，房門也經常鎖著，是貨真價實的牢房。是在朝名住進來後，才備齊了基本的日用品。可是，朝名並沒有特地把這件事說出來。

「老師，請隨意找地方坐。不好意思，沒辦法好好招待你。」

「嗯……」

兩人在榻榻米面對面坐下，忽然有股奇特的感覺。朝名明明已經很習慣兩人單獨談話了，但一想到咲彌此刻就在自己房裡，就莫名地坐立不安。

「朝名。」

「是。」

「今天很抱歉。」

咲彌突然低頭道歉，令朝名不知所措。

「咦？那個，怎麼了嗎？」

「結婚的事，我沒問過妳就擅自決定了。」

「啊啊……」

突然變成這兩天就結婚，確實是出乎她意料。

話雖如此，要是咲彌先問朝名的意見，她絕對反對到底。理由並非在於自己的感受如何，而是她不要咲彌變成天水家的一員。

「老師，你應該知道我是不願意和你結婚的。」

「因為妳不希望我靠近天水家？」

朝名用力點頭。「對，所以老師如果你想貫徹自己的想法，就不能問我。」

咲彌大大呼出一口氣，接著環顧房內。

「妳從以前就住在這裡嗎？」

「……嗯，正確來說，是從八年前開始。」

「八年前？」咲彌驀地瞪大雙眼。他反應大得出奇，讓朝名也嚇一跳。

八年前正好是朝名身上出現斑痕，也是遇見咲彌那一年，他該不會是想起什麼了吧。

朝名稍稍緊張地問：「八年前，發生了什麼事嗎？」

「……沒有。妳住在這裡是有原因的嗎？」

朝名心想，老師避開了剛才那個話題。但隨即又想，這說不定是個好機會。明天兩人的婚約就正式生效了，只要時雨家付聘金給天水家後，就沒有東西能保證他的安全了。既然如此，現在告訴他自己的體質問題，讓咲彌嫌棄自己的好機會，就只剩今晚了。

「老師，你願意聽我的祕密嗎？」朝名順了順呼吸，以這句話開場。

咲彌用難以解讀的表情點頭，朝名見狀，就用顫抖的手指取下手上的蕾絲手套。

醜陋的紅色斑痕暴露在外，在檯燈亮光下的這道斑痕，在他眼裡看起來是什麼感覺呢？大概覺得詭異又噁心吧。呈現螺旋狀一路從手腕清晰延伸至指甲，鮮紅鱗片般的痕跡。

「這個是受傷造成的疤痕嗎？」

「不是，是自然出現的斑痕，很噁心吧。八年前這東西浮現後，我就搬到這裡了。」

該如何說明才好呢？有關人魚之血女子的事。就算單純陳述事實，他一定不相信。讓他看見可以迅速恢復傷口的過程，應該是最快的辦法了。只是，話題卻往朝名意想不到的方向發展。

「八年前自然浮現斑痕這點，跟我一樣。」

「咦？」

朝名疑惑地側頭，咲彌似乎下定什麼決心，拉開和服衣領。

「老、老師！」朝名小聲驚呼，用雙手摀住眼睛。

咲彌立刻停下動作，雙頰微微泛紅說著：「抱歉！那個……我不是那個意思！」

接著從上面開始解開穿在和服下的襯衫鈕釦，解到一半稍微拉開襯衫，露出胸口。

「抱歉，有點醜。可是，妳願意看一下嗎？」

朝名怯怯地從手指的縫隙中注視著咲彌的胸口。一點都不醜，他肌肉勻稱又富有彈性的胸口反倒非常美麗。只是，有樣東西比那更引人注目。

——一朵花。

剛好就在心臟正上方，胸口正中央微偏左的位置，綻放著一朵巨大又豔紅的花朵。

朝名把原本掩住臉的雙手放回大腿上。「很美麗的斑痕。」

跟朝名的斑痕簡直天差地遠，那斑痕的形狀有點類似山茶花，白皙肌膚映襯得豔紅花朵更為鮮麗。那個斑痕美麗到讓害羞的感覺早飛到九霄雲外去。

「我身上浮現出這個斑痕，其實也是在八年前。」

「怎麼可能？」

「是真的。從那天起，我的生活就徹底改變了。我明明只是妾的孩子，卻因此入籍了時雨家。」

這個奇妙的巧合究竟是怎麼一回事？在同一年出現的斑痕，還有因此劇變的人生。沒辦法光用驚訝就簡單表達清楚，甚至感受到一種命中注定的感覺。

可是，朝名和咲彌在這件事上是大大不同的。

「我的斑痕是『人魚之血女子』的證明。」

真的好痛苦……每當回顧過去的事，淚水就會因種種委屈而湧上。

「人魚之血女子是指……」

「歷代只在天水家誕生的某種特徵的女性。」

朝名盡量藏住自己的情緒，向咲彌說明。不管受什麼傷都能立刻痊癒，不會生病，就算手腳被砍成一截截，心臟被刺穿，也會立刻恢復原狀。還有——

人魚之血女子的血液，對其他人來說是劇毒。

「劇毒！」

「我身上流的是有毒的血液。只要一滴，就可以奪走所有人的性命。死不了，又流著有毒的血，我根本不是人……是怪物。」

朝名的聲音在顫抖，她原本想強裝平靜，但音色卻顯露了真心。

「你覺得很討厭、很噁心，不想靠近對不對？所以，家人都離我遠遠的。」

只要朝名的血液不透過口腔、黏膜或傷口等途徑直接進入體內，就不會有害。血液以外的眼淚或汗水這些體液，是完全無毒的。可是，血液就在朝名的身體裡循環，因此大家就覺得她整個人有毒似的。只要她待在附近，就無法安心。

這個房間只要把柵欄入口上鎖，就成了一座牢籠，可以把朝名關在裡面。就是為了避免朝名逃跑，也避免她擅自出門。

「『人魚之血女子』是怪物，這道斑痕就是怪物的證明，證明我不再是人類了。」

「朝名。」

「不過我突然坦白這些，你應該也很難相信吧。」

浮現斑痕那隻手，軟弱地顫抖著。朝名拚命想擠出笑容，卻感到臉部肌肉變得僵硬，視野因淚水而模糊。以後，再也沒有和咲彌獨處的時光了，和一個全身都充滿毒素的女人，要怎麼共度平和安詳的時光呢？

「我的斑痕，不像老師的斑痕一樣漂亮……完全不漂亮，是最糟糕、最醜陋的斑痕。」

朝名的聲音乾癟得像是硬擠出來似的，她垂下頭。

咲彌溫柔的聲線響起。「我可以碰妳的手嗎？」

朝名沒辦法回答。如果說可以，就好像在說咲彌因為觸碰自己弄髒他自身也沒關係似的；如果說不行，又怕他會覺得自己是在拒絕他。朝名陷入沉默，咲彌沒有一絲猶豫地伸手觸碰她的左手。

「無論妳怎麼說，我認為妳現在的樣子很自然美好喔。」

「為什麼……？」

朝名反射性地問，咲彌報以優雅又充滿魅力的微笑。

「有人魚花苑，而且有妳在。我非常喜歡在那裡度過的靜謐又安詳的時間，一切都是由妳而起的。」

咲彌說的話沒辦法安慰到朝名。他還完全不懂，朝名到底和一般人有多麼不同，所以才能輕易說出她很美好這種話。

「我其實很討厭人。」

咲彌突如其來的自我揭露，令朝名聽了驚訝地直眨眼。

「咦……？老師討厭人？」

「對，因為我一直到八年前都因為是妾的孩子，所以一直在見不得光的地方成長。直到身上出現這個斑痕就全變了，因為大家認為──我是傳說中很久以前活了兩百年的先祖轉世，所以要由我取代正室所生的哥哥繼承時雨家，所有人對我的態度一百八十度大轉變。」

我打從心底對這一切感到厭惡。咲彌垂下雙眉笑了，但是那雙目光十分冰冷，沒有一絲笑意。

「我原本就討厭拋棄媽媽，自私自利的爸爸。還有像他一樣，對自己的行為不負責任的人，而我身邊全都是這種人。」

咲彌重新整理好胸前的衣物，輕蔑地繼續說道：「如果討厭我，那就一直排擠我啊。可是每個人彷彿忘記了自己過去的言行舉止，紛紛靠近我，令人作嘔。」

「老師……」

「連一句抱歉都不說，為了自身欲望，就拿一副十多年老友般的態度對我。我身邊全是這種貨色，害我對人感到無比厭煩。」

朝名完全可以理解，自己是因為他人遠離而傷心，而咲彌是因為他人靠近而受傷。儘管情況正好相反，本質上卻很相似。

「不過，和妳相處的時光非常舒服。為什麼呢？是因為妳不會硬要闖入我的心嗎？反倒是一直保持著距離感。」

「……」

朝名的心都快融化了，她拚命提醒自己要保持理智。只要不阻止這一切，當婚約成定局，那麼把咲彌拉進天水家的就是自己了。

朝名靜靜地起身，拉開矮桌的抽屜取出一本藍色封皮的書，是西洋童話選集的譯本。

「老師，你知道〈小美人魚〉這個故事嗎？」

「知道啊，很有名的童話。」

這本書是哥哥浮春唯一曾買給朝名的物品，裡面收錄了好幾則童話故事，但朝名立刻就明白，哥哥要讓自己看的是裡面叫做〈小美人魚〉的故事。

八年前的某個深夜，哥哥罕見地喝得醉醺醺回家，親手把這本書拿給朝名。朝名很開心，讀了哥哥推薦的這個故事。那天晚上，朝名完全睡不著。

隔天早上，浮春雙眼不帶一絲感情地說：「看懂教訓了嗎？有一天妳也會變成那樣。」人魚公主愛上人類王子，不惜失去聲音也要靠近他，但王子絲毫沒有察覺她的愛意，公主最終只能化為泡沫死去。

雖然人魚公主在化為泡沫後變成了精靈，但朝名並不認為那是一種救贖。

「我第一次看這個故事時，真心認為這就是我未來的結局了。」

好想變成水——也是從那時起，自己開始有了這種心願。自己不想變成泡沫，也不想變成精靈，只想化為一滴海水，一直漂浮。

「不過，只要老師可以一直保持笑容，對我來說就夠了。所以——」

「妳是要叫我別入贅天水家，去跟其他女性結婚？」

「對。」

兩人都不再說話，沉默籠罩房間。朝名已經沒什麼好說的了，剩下的只能交由咲彌自己判斷。

◆

咲彌格外清醒，躺在被窩裡盯著天花板。四周一片漆黑，他點亮手邊的照明，時鐘上的指針正要指向十二點，所有人已經熟睡的時刻。

晚上宴會結束時，外頭正好下起雨。現在雨勢轉大，大滴雨點激烈敲打屋頂和牆壁，雨水從屋頂的排水槽不斷流下。偶爾會隱約傳來遠處雷鳴的聲響。

「只要我可以保持笑容就好，是嗎？」

即使知道真相，咲彌也不認為朝名是怪物。當然，她坦白的內容的確很驚人，但很多事也因此有了解釋。

相親隔天，朝名身上沒有留下任何遭受毆打的痕跡。

她無時無刻不戴著手套。

光太朗、浮春和桐子討厭朝名的理由。

八百比丘尼、人魚、人魚之血，還有人魚之血女子。

只要想像這些事至今是如何一直折磨著朝名，他的心裡就不舒服，根本愈想愈氣。

「妳也要展露笑顏，一切才有意義吧……」

只有自己一個人笑著，只會感到空虛。拋下為自己咬牙忍淚苦撐的朝名，若無其事和其他女性結婚，自己真的辦不到。

從某種意義上來說，這就和自己最討厭的爸爸一樣了。那個男人為了逃避身為時雨家當家的沉重責任及現實而依賴媽媽，卻又在一得知媽媽懷孕時就轉身拋棄她。

正當咲彌陷入思考時，房外似乎傳來動靜還有交談聲，他猛然坐起身。分配給咲彌的是一間三坪左右的和室，名義上是會客室，卻位在整間宅邸靠裡面的位置。等兩人結婚後，這裡八成會成為咲彌和朝名的房間吧。

雨聲依舊，讓咲彌不得不豎耳傾聽，說不定是自己聽錯了。不管怎麼集中專注力側耳傾聽，都沒聽見雨聲以外的聲響。

（是我變得有點神經質了嗎？）

當我知道這個家裡有不可告人的祕密，再加上深介的忠告，就一直想著這些事情。如果這些事最終也和我有關的話，那我也想揪住他們的小辮子。大概是因為這樣，所以神經繃得太緊了吧。

又聽見了！——哀號般又尖又細的女性聲音。但混在滂沱雨聲中，咲彌無法確定。

「……是朝名？不，還是是岳母大人？」

不！不管是誰，只要不是幻聽，情況肯定不尋常。

咲彌避免發出聲響，小心翼翼地起身，貼在和紙拉門上緩慢移動。聲音聽起來很遙遠，說不定不在宅邸裡。

咲彌拉開紙拉門，走廊上一片漆黑，在眼睛還沒習慣黑暗前，幾乎什麼也看不見。只有凝滯的黑暗籠罩著空間，整個人彷彿都要被吸進去似的。

（不過屋內格局我大致都掌握住了。）

此時又傳來細微的聲響，這次像是大型物體掉落地板的聲音，聽起來似乎比剛才還遠。

咲彌慌忙回到房裡，走近面向屋外的木格拉門。一打開木格拉門，外頭有一棟貌似小屋的建築物。

（那是倉庫？還是別館？）

看起來好像是以一條短短的戶外走廊與主屋相連。這樣的話，應該是別館吧，聲音是從那裡傳來的。

咲彌原本就沒有換穿日式睡衣，只是脫掉袴而已。他重新把原先扣子都已解開的襯衫扣好，和服衣領拉正，套上袴。原本放下來的頭髮也用喜愛的那支髮簪迅速結髮。

接著他直接走出房間，躡手躡腳但步履迅速地在走廊上行走。咲彌走過好幾間房前，彎過轉角。隔開戶外走廊和外界那道鑲嵌著玻璃的木門，不斷被大量雨珠擊打著。

這時傳來清楚的人聲，微弱的女性哀號聲，還有男性的說話聲。那道聲線令人聯想到昨天的朝名，還有浮春逼近她的身影。

咲彌開始緊張又焦躁，他暗自猜想不會吧？心臟跳得太劇烈都開始痛了。咲彌面對天水家眾人時並不感到恐懼。可是一想到待會兒不知道會看見什麼樣的場景，這件事令他內心焦灼又難受。

「我身上流的是有毒的血液。只要一滴，就可以奪走所有人的性命。死不了，又流著有毒的血，我根本不是人……是怪物。」

「你覺得很討厭、很噁心，不想靠近對不對？所以，家人都離我遠遠的。」

她的話和她流著淚的笑臉浮現腦海，這道門後正在發生的是和朝名有關的事嗎？

「天水家有許多負面傳聞，像是他們家雖然藥商生意興隆，卻在暗地裡販售毒藥——就算現在沒事，萬一日後遭人檢舉或怎樣，你要是入贅就會被牽連。」

「天水家根本爛到沒藥救了，我愈是調查『人魚之血』，就找到愈多骯髒的事實。」

深介的警告躍進腦海，令胸中的不安益發強烈。

老舊的深褐色木門極為沉重，感覺就像是一堵厚厚的牆。但躊躇不前，事情就不會有任何進展，咲彌就一口氣打開木門。

「這、這是……怎樣？」

腥臭、潮濕，一股類似於滂沱大雨的濃厚氣味撲鼻而來。咲彌一開始還以為是外面的雨灑進來了，然而並不是。

滴答，滴答，不斷滴落的深紅色液體是血。站在距離門口最近的位置的是，身穿白袍，戴著口罩、手套和防塵護目鏡，手持採血針的浮春。然後，房內深處同樣穿著白袍的光太朗手拿小刀跪在地上，不管是採血針或小刀，都染滿鮮紅色。

「這是在做什麼？你們……」

「你才是，為什麼會過來這裡?!」

應聲的是浮春，他圓睜雙眼，看向咲彌的臉。

「為什麼不重要，你們到底在這裡做什麼？」

咲彌大喊，驀地倒抽一口氣。

別館的最裡面，被綁在一把破爛椅子上整個人癱軟的是——

「朝名！」

她身上僅穿一件薄薄的日式睡衣，整個人看起來弱不禁風，低垂著頭，看不見她的表情，手腳都虛軟無力地下垂著。

死了——這兩個字閃現腦中。

「朝名、朝名！」

咲彌撞飛浮春，推開光太朗，跑近朝名。

「朝名。」

朝名的臉頰摸起來還是溫熱的，還有微弱的氣息。她被綁在椅子上的身體，連同椅子一起放在大木盆裡。全身上下有無數道傷，那些傷口全塞進了塑膠管，血液就經由這些塑膠管流進木盆裡。

簡直像一座血池地獄，悽慘到超乎想像的場景，令咲彌忘了呼吸和眨眼。

「人魚之血……」

「滾開，別碰生財工具。」

咲彌愣在原地，連動也沒辦法動一下，光太朗舉起小刀。

「你說生財工具……為什麼要做這種事！她是你的親生女兒吧，這、這根本不是一個人該做出的事！」咲彌沒有因為小刀而膽怯，而是朝著光太朗怒吼。

天水家爛到沒藥救了，深介的這句話倒是說對了，是咲彌太天真了！祕密販售毒藥，要是真的就已經是重罪了，但咲彌實在是猜不到，他們的行徑居然如此背離人倫。

咲彌解開繩子，拉出所有塑膠管，從椅子上把朝名抱離木盆。她的特殊體質充分發揮了作用，在咲彌抱起她的過程中，遍布全身的傷口幾乎完全癒合了，彷彿什麼事都沒發生過一般，恢復成白皙的肌膚。

咲彌把過輕的身體放到地板上，呼喚她。

「朝名、朝名，妳醒醒。」

「……老師？」

朝名的眼皮緩緩顫動，露出那雙帶著藍色的漆黑眼眸。咲彌放下懸著的一顆心，眼眶不禁發熱。

「老師，你為什麼……」

「幸好我趕上了……」

要是什麼都不知情，自己肯定無法原諒自己的，絕對不能把朝名丟在這種鬼地方不管。

「我們離開吧，妳不能再待在這裡了。」

「可是……我……」

因為失血過多，朝名的意識很朦朧，似乎連說話都非常艱難。

「妳不用勉強自己。」

咲彌一對朝名這麼說，肩膀就被人抓住，整個人直接被甩到牆壁上。是浮春，他神情凶惡，怒目瞪著咲彌。

「你說要把那東西帶到哪裡去？喂！」

「去哪裡都好吧。朝名不是工具，是你們，是這個家錯了。強迫她犧牲，自己卻坐享其成，還一副理所當然的樣子。」

「你看到剛才那一幕，應該就知道那東西不是人類，光是活著就可能奪走他人性命的怪物。利用那東西有什麼不對？就跟家畜一樣啊。你會去同情每一頭牛和馬嗎？」

咲彌感到全身血液上衝大腦，滔天怒意瞬間湧上，不斷膨脹的怒氣幾乎就要爆發了。

朝名有心也有理智，她有自己清楚的意志，是一個能夠體貼他人的人類。到今天為止，他們竟然都是這樣看朝名的嗎？明明共同相處了十六年歲月。

朝名的笑臉，愉快說話的模樣，吃甜食吃得喜上眉梢的身影，她那麼生氣勃勃。眼前這個人卻武斷評價她等同於家畜的心理，咲彌無法理解。

「你們太離譜了，說什麼生財工具、家畜……心裡一點感覺都沒有嗎？這樣對待朝名，這樣對待家人，你們才不是人。不是人的，根本就是你們！」

浮春和光太朗的臉上已沒了表情，只有無盡的虛無，他們完全不能理解咲彌的話。

光太朗手裡依然舉著小刀，滿不在乎地直白回道：「為了賺錢，沒辦法嘛。」

「對，那東西是不祥的孩子，就算遭到更加粗暴的對待也是應該的。我們給了她一般人類的日常生活，她感謝我們都來不及了，哪有反過來抱怨我們的道理。」浮春聳肩，同樣完全不覺得自己有錯。

兩人和自己的想法差距之大，令咲彌十分憤慨，這些人根本沒常識。朝名曾經說過，人魚之血女子是每一代都會誕生的。既然如此，這已經是他們深植內心的觀念，也是天水家的常識，不管對他們說什麼都是白費力氣。

咲彌放棄對話。「夠了，朝名我要帶走。」

「我剛說過了，你這樣做會造成我們的困擾！」

浮春伸手過來，手中高舉著一直拿在手上的採血針。但他還來不及揮下，咲彌就搶先一步從頭上拔出髮簪，銳利尖端對準浮春的喉嚨刺過去。

「你再動，我就刺下去。」

「喂、喂喂，你要為了那種東西殺人嗎？」

「你放心，髮簪這麼細，只要選對地方，刺不死人的。但不免會痛，只要死不了就沒問題了，對吧。」咲彌勾起嘴角。

咲彌要在避免弄出人命的前提下，給他們一點顏色瞧瞧，就和他們對朝名做的事一樣，哭著求饒也沒用。不知是不是接收到了咲彌的意圖，浮春放開手中的採血針，緊緊閉上嘴。

那瞬間，光太朗抓著小刀直直地朝咲彌毫無防備的側腹刺過去。咲彌一手依然制住浮春的行動，另一手則用力抓住光太朗緊握小刀的手，力氣大到幾乎要把他的手捏碎，讓小刀掉落地上，再一腳把它踢到房間角落。「唔……」

光太朗呻吟，但咲彌立刻又毫不留情地用力踹他的肚子，把他踹飛出去。光太朗四肢著地趴在地上嘔吐出胃液，不再動彈。

「……你為什麼還可以這麼靈活？」

咲彌聽不懂浮春的話中含意，蹙眉。

「我們明明在晚飯裡混了安眠藥和麻藥，照理說你不該這麼行動自如，這時間也不該醒著才對。」

「原來如此！」難怪剛才咲彌闖進這棟別館時，他們那麼驚訝。

「很遺憾，自從八年前開始，藥這種東西對我就沒效了。當然，毒也是，還有酒、菸草跟麻醉藥全都沒用。據說我是很久以前活了兩百歲的祖先轉世，或許是因為這個緣故吧。」

「啊？誰信這種鬼話。」

「就像這個家是八百比丘尼的後代，像朝名這樣的女性誕生一樣，時雨家也有我這樣的人誕生，只是這樣而已。」

咲彌一冷淡說完，就離開浮春，在癱軟躺著的朝名身旁跪了下來。

「朝名，妳抓好。」

咲彌剛才就有這種感覺，懷中的朝名身體輕得異常，讓人懷疑她身體裡一切水分都被抽乾了。同時，咲彌察覺到浮春恢復自由後，又朝這邊靠近。

咲彌想著不知道抱著朝名有沒有辦法打倒他。儘管如此，他是弱小的對手。就算帶著朝名，咲彌也有自信可以逃出去。

他牢牢抱緊朝名，準備好要應對一觸即發的瞬間。可是，浮春什麼也沒做。因為剛才難受得趴在地上的光太朗，阻止了他。

「夠了，浮春，就讓他們走吧。」

浮春問：「這樣好嗎？爸爸。」

光太朗就像在說「夠了」似地緩緩站起身。「無所謂，反正怪物在外頭是活不下去的，反倒會感謝這個家的圈養。」

朝名在咲彌懷中動了動。「老師……我還是……」

「別說了，一定有地方能讓妳幸福過活的。」

咲彌抱著朝名往別館門口走去。浮春投來冰冷的目光，但一句話都沒說。咲彌打開木門，朝走廊踏出一步後並站定。

對天水家而言，他們最想要的是錢。只要能賺錢，甚至不惜折磨自己的女兒或妹妹，既然如此——

咲彌支撐著朝名的身體，從懷中取出一張紙片，順手朝地板一扔。

「支票，你們最想要的。」

「你說什麼！」光太朗搶先朝那張紙片撲過去。他的眼神明顯變了，前後轉變之大，簡直叫人感到滑稽。

這是咲彌推測對方有可能會要求先付聘金，才預先準備好的東西。

「你們要拿去用也沒關係，只是如果用了，就要有心理準備。」

浮春戰戰兢兢地出聲問：「什麼心理準備？」

咲彌終於露出微笑回答：「只要用了，以後你們就再也見不到朝名。我絕對不會讓她見你們，就算她本人希望也一樣。因為你們用這筆錢把她賣給我了。」

咲彌在心裡發誓，現在說的每句話都是認真的。朝名說不定會割捨不下他們，但是既然光太朗和浮春認為只要有錢就可以放棄朝名，就不該再讓她和這種家庭牽扯不清。

這一次，咲彌真的帶著朝名離開了別館。

「……你會後悔的。」背後響起浮春忿恨的聲音。

「那東西在外面是活不下去的，她一輩子都不可能和他人好好相處。不用太長時間，不管是那東西還是你，一定會體認到這件事的。」

咲彌沒有回頭，在大雨中和朝名兩個人沿著走廊離開這座宅邸。

◆

——好冷。

朝名的意識一直空洞地飄浮著。無數細密傷口隱隱作痛，流失溫熱血液後涼透的身體和意識朦朧的大腦，讓一切好像隔著一層薄膜，顯得如此模糊不清，就連是夜色幽暗還是視野黯淡都分不出來。

每次被抽取大量鮮血的日子總是如此，特別是最近被迫做出「為了取消婚事可以增加抽血量」的承諾，爸爸和哥哥仗著這句話接下更多訂單。

因此，朝名被抽取的血量是平常的好幾倍。由於慢性貧血，朝名自八年前開始，身體狀況幾乎就沒再好過。

「這裡是……」

頭腦和身體終於接上了，意識一清晰起來，朝名才發現自己正在某個人背上，她花了十幾秒才終於理解這個狀況。

「老師？」

數不清如冰一般寒冷的雨珠打得臉上發疼，咲彌背著朝名一步步向前走。朝名心想不能造成咲彌的負擔，正想開口說自己要下來走，但身體極為沉重，連一根手指也動不了。

真沒用，自己實在有夠沒用。真的很討厭這個什麼都做不到的自己，淚水奪眶而出。

「老師……對不起。」

「妳什麼都不用說。」

「對、對不起。」

朝名這才回想起，失去意識前有聽見咲彌、光太朗和浮春的對話。她清楚咲彌多半是為了自己與天水家為敵了。都是她的錯，才危害到咲彌的立場。

「還有，血的事……」

聽慧如他，肯定猜到了吧，天水家究竟幹了哪些勾當。朝名哽咽地吐露，長年來埋藏在心底的祕密。

「把血紅色濾掉，剩下的無色液體，叫做『人魚之淚』……賣給毫不知情的人們……」

「……」

「然後，暗地裡賣毒藥。因為我的血是劇毒，能用高價偷偷賺取暴利。」

人魚之血女子的血液，萬一進到其他人類的體內，是一滴就足以致死的劇毒。另一方面，在褪去血液的紅色後就成了萬能藥，也就是「人魚之淚」。由於必須經過精煉，就算收集大量血液，也只能製成少許藥品，才會用高價批發給藥局。

不過，人魚之淚頂多只算檯面上的商品。但即便是這個萬能藥，其實也已經觸犯了多條法規，是政府官員睜一隻眼閉一隻眼才得以販售。天水家真正的招牌是「人魚之血」，萬能藥和萬能毒，互為表裡實為一體。

朝名之前的結婚對象勝井子爵，是從事各種包含「人魚之血」的違禁品非法交易的核心人物之一。

朝名的眼淚止不住。「把你牽連進來，真的對不起。」

體貼、溫暖又純白潔淨的咲彌，就連自己與他之間的記憶，似乎逐漸沾染上髒汙。這種感覺令她感到很歉疚、難受和痛苦，胸口彷彿要炸裂似的。

「對不起，老師，真的對不起。」

朝名真希望親口道歉就能讓一切恢復原狀，但那是不可能的。時間無法倒轉，咲彌和天水家扯上關係的這個事實，已經無法改變了。

雨勢大到像站在瀑布下一樣，雨水打濕和服，水滴不斷沿著髮絲滑落。兩人的身軀已冷到像冰塊一樣，只有相互接觸的地方還保有些微暖意。

在一片漆黑的大雨中，咲彌背著朝名淋成了落湯雞，一步步向前走。咲彌背著只穿一件單薄日式睡衣的女子，淋得全身濕透，在深夜匆忙踏進家門，羽衣子圓睜著雙眼相迎。她什麼都沒問，忙著在大半夜裡燒洗澡水，替朝名和咲彌張羅毛巾跟衣物。

「老師，對不起。」

「夠了，別再道歉了。」

「……謝謝你。」

木板地上鋪著蔓草圖案長毛地毯的西式房間，靜悄悄的。除了坐在沙發上的朝名和咲彌以外，再也沒有別人，一點聲音都沒有。

羽衣子泡好熱茶後，就回自己的寢室了。半夜把人家吵醒，還麻煩人家替自己準備東準備西的，朝名不由得內疚。

「嗯，這樣好多了。」

咲彌以略帶困擾的神情笑了，先說了句「抱歉」，接著向朝名伸出手。

「老、老師！」

朝名的身體整個被圈進咲彌的雙臂之中，緊緊貼住他的胸膛。彼此依然濕透的長髮，洗過澡後總算回溫的身體，聽得見強而有力的心跳聲。咲彌平時性格沉穩又難以捉摸，此刻心跳卻這麼快，一定是朝名害的。

「老師，真的對不起……還是，讓我道個歉。」

「我以為妳會死掉。」

身上受了那麼多傷，流了那麼多血，一般來說早就死了。讓咲彌見到那種場景，他內心該有多麼不安啊。

「我沒事了，老師。真的多虧你，謝謝。」

「嗯嗯。」

「因為老師你救了我。」

「嗯。」

咲彌如同小孩子般出聲應和，朝名心裡的罪惡感更強烈了。

（老師……我……）

她不能一直再給老師添麻煩了。要是繼續這個婚約，然後結為夫妻，就代表到死為止都會一直給咲彌添麻煩了。

「老師，謝謝你。」

即使如此……朝名略帶躊躇地伸手環住咲彌的背。

咲彌救了朝名一次又一次，而朝名終於發現，這個懷抱就是對自己來說最安心的地方。

一打開玄關大門，外頭天空有薄薄一層烏雲，風勢略強，吹得樹木搖晃，家家戶戶的窗戶震動著。朝名遲疑地停下腳步，回頭看向後方。

「那個……真的沒關係嗎？」

羽衣子特地出來送門，那張與咲彌相似的美麗鵝蛋臉上，掛著溫柔和藹的笑容。

「沒關係的。妳要是沒去學校，那孩子一定會生氣的。」

結果咲彌重感冒一睡不起，畢竟他頂著大雨拚命把朝名帶來這裡，生病也合理。何況藥物對他又沒效，不由得更令人擔心。只有自己活蹦亂跳的，朝名內心益發歉疚。

「是這樣嗎？」

「嗯嗯，就是這樣。所以，朝名妳要去學校好好上課。」

「是。」

朝名雖然過意不去，但這個情況下，咲彌應該也希望朝名去上學吧。

幸好可以先向羽衣子借和服，雖然不是學校規定的袴，但應該能先暫時應付一陣子。筆記本和文具用品也都勉強找齊了，只有課本必須跟隔壁同學借了。

羽衣子想方設法打點好大小事，面對她，朝名羞愧地抬不起頭來。

「很謝謝妳各方面的照顧。」

朝名禮數周到地道謝。結果，羽衣子拍了下手說「對了」。

「來，這是給妳的。」她遞來一個用可愛金魚圖案束口袋裝著的便當。

朝名忍不住瞪大雙眼，慌張地說：「這樣太不好意思了！妳對我已經太好了，竟然還準備了便當。」

「可是，午飯不好好吃，就沒辦法專心聽課了。」

羽衣子的回話令人無可反駁，朝名不禁雙頰發燙。老實說，她根本忘了午飯這回事。仔細想想，自己真是太丟人了。

「那麼，我就收下了，謝謝。」

羽衣子面帶沉穩地微笑揮手，朝名一邊輕輕揮手，一邊走出津野家。

她順著陌生的道路走向公車站牌。

她原本猜想天水家平時那輛車會來接自己，便四處張望，但沒看到相似的車款。當然，監視的人多半還在，不過朝名察覺不到他們的位置。

朝名清楚光太朗和浮春不可能就這樣徹底放自己自由，就算現在暫時收手不管，有一天也會來把自己帶回去的。

（真的是讓人心煩意亂。）

就算去學校，大概也沒辦法專心聽課。

朝名搭上公車，經由不熟悉的路線前往學校。仔細想想，在無人接送的情況下上學，這還是史無前例的頭一遭。靠自己的雙腳，按照自己的意願去學校，令朝名感到很新鮮，好像剛進小學時一樣既興奮又開心。

「姐姐？」

朝名走在學院前那條路時，後方有聲音喚她。

「早安，智乃。」

加快腳步靠近的是智乃學妹。她平時臉上總是掛著惹人疼愛的表情，今天卻夾雜著幾分驚訝之色。

「姐姐，怎麼了嗎？剛才，我看到妳是從公車站牌那裡走過來的……」

「嗯。今天有一些特殊原因。」

「那妳穿的袴不是制服，也是因為特殊原因嗎？」

智乃果然很敏銳，朝名設法避免讓她追問下去。

「對啊，很奇怪嗎？」

「不會奇怪，只是……」

智乃欲言又止，微微側過頭。

「如果我多管閒事了，先跟姐姐說聲抱歉。不過，還是讓家裡接送比較好。姐姐，妳長得這麼美，又是那個天水家的人，有可能被壞人拐走，太危險了。」

「嗯嗯，謝謝妳擔心我。不過，沒事的。」

真的沒事嗎？朝名說完後，一絲疑問閃過腦海中。智乃讚美自己時總是很誇張，所以朝名認為不可能發生那種事，但真的是那樣嗎？

朝名擁有人魚之血這件事，並非完全沒有外人知道。儘管知情者少，但對於勝井子爵或有在從事黑市交易的人來說，這是一個已知的事實吧。要是有了解人魚之血隱情的人想得到朝名的話——

（把我關起來，一道道劃傷我的，就算換成別人也並非奇事。）

甚至會受到比在天水家更惡劣的對待。

「姐姐？」

朝名沉浸在自己的思緒裡，聽見智乃的聲音才回神。智乃是除咲彌以外唯一會擔心自己的人，她不能再讓學妹掛心了，於是笑著搖頭。

「抱歉，我剛在想一些事情。」

「那就好。」

離開家後才發現，自己完全是一隻籠中鳥——是遭到保護？還是被迫犧牲奉獻呢？

當然，爸爸和哥哥對朝名的殘忍行徑令她非常痛苦、難受，自己也不苟同他們的行為。只是她意識到，即使如此他們依然給了朝名很多東西。直到自己變成一個人，才發現除了這副身軀以外，其他根本一無所有。

領悟到這件事後，朝名完全聽不進去講課內容。她用眼角餘光留意著站在講臺上的老師，凝望窗外灰濛濛的天空。不管是黑板上的字或老師的講解，全都左耳進右耳出。

自己家的事，咲彌的身體情況，還有未來的事。朝名不想回天水家，可是也不能一直給咲彌和羽衣子添麻煩。而結婚也不在考慮範圍內，最終自己會不會根本無處可去呢？

如果能憑一己之力生存，不給任何人添麻煩的話，吃點苦她也心甘情願。但要一邊躲避天水家一邊靠自己的能力謀生，就現實上可行性極低。

更何況，朝名體內隨時都充滿毒素。換句話說，她就像是一顆炸彈。光是活著，光是血液在體內循環流動，就有可能危害到他人。

（至少要待到老師恢復健康為止。）

一切只能先等咲彌康復之後再說了。她完全沒把課堂內容聽進去，只有時間徒然流逝，很快就到了午休時間。

班上同學立刻拉住朝名，所以她沒去人魚花苑，而是和朋友們圍著桌子吃午餐。

「聽說今天時雨老師請假吔。」

大家拿著便當聚在一塊兒時，一位朋友拋出震撼彈。早知道消息的人點頭應和，尚不知情的人則失聲驚呼：「什麼！」

「我還想說怎麼沒看到老師……」

「原來是這樣，不曉得老師怎麼樣了？」

「聽說是身體不舒服，希望別是什麼嚴重疾病才好。」

朝名聽著朋友的談話，掀開羽衣子給自己的便當。內容物跟前幾天咲彌的便當幾乎一樣，那些飯糰沒有天水家家僕做的漂亮，都是歪歪扭扭的三角形，盒中一角擺了一些醃菜。

不過朝名一眼就明白，這是羽衣子為自己用心準備的便當。

「朝名，妳的便當跟平常不一樣吔。」

坐在旁邊的杏子一指出來，朝名稍感尷尬，臉上仍堆出友善的笑容。

「嗯，今天是另一位幫我做的。」

「哦，這樣呀。」

大家帶來的便當菜餚都擺得很漂亮，菜色各自不同。但羽衣子的便當配菜的確算不上好看，明知如此，朝名卻有些捨不得吃。

「我開動了。」

朝名先雙手合掌，摘下右手手套，直接用手拿起飯糰咬下。

——不過，味道不壞。

咲彌的話浮現腦海。

（鹹味恰到好處，很好吃。）

是因為她捏飯糰的力道很巧妙嗎？米飯在口中輕柔地擴散開來，自己說不定是第一次吃到這麼美味的飯糰，感覺比平常菜色豐富的便當更美味。

「杏子，妳有聽說時雨老師的身體情況嗎？」

朝名獨自沉浸在感動中時，一旁朋友間的對話持續進行著。

杏子聽了點頭回「有」，開口回答：「聽說是感冒了，不過不嚴重。」

「感冒啊？」

「不嚴重就好，真叫人擔心呢。」

這樣說起來，羽衣子早上好像有在電話裡說明咲彌的病況。當時羽衣子說是「時雨家打來的」，其實並非如此吧。

「杏子妳會去時雨老師家探病嗎？」

「怎麼辦好呢？也不好意思讓老師招呼我……」

朝名聽見談話走向往不利於自己的方向發展，不自覺地停下筷子。

杏子知道咲彌不住在時雨本家，而是住在津野家吧。要是杏子跑去咲彌家，就有可能撞見自己。就算幸運避開了，萬一羽衣子不小心說出朝名在自己家的話……但是朝名在此刻插嘴，就是在用自己的難處踐踏杏子的感情了。

「杏子，如果妳去探病，時雨老師一定會很高興的。」

朋友出言慫恿，聽得朝名心裡七上八下，靜觀情況發展。

「如果真是那樣我也開心。朝名，妳怎麼看？」

「咦？那個……」

朝名又不能回答「妳突然這樣問我也不曉得」，只好在心裡飛快盤算該怎麼把話題轉往其他方向。

「突然跑去人家家裡，是不是不太好？我想先送封慰問信去，比較不唐突。」

「說得也是。朝名，既然妳這樣說，那我就這樣做。」

杏子點頭，微笑接受了建議。

鐘聲一響起，朝名就立刻踏上歸途，完全沒有想去人魚花苑的念頭。換穿好鞋子後，她筆直地走出校舍。

（我要快點回去才行。）

朝名的步伐不自覺地變大又變快，自己不曾感受到放學時刻如此遙遠。要是平常，在學校既不會遭人無視，又能和同學愉快聊天，比在家裡舒服自在多了。

可是今天有許多事讓人掛心，上課已經是其次了。幸好天水家沒派人來接，好想快點回到津野家，看看咲彌的情況。

朝名在公車站牌旁望眼欲穿地等公車，上車後又心急地想著司機不能開快點嗎？

「我回來了。」

「朝名，妳回來啦。」

朝名略顯緊張，動作小心地一打開玄關大門，羽衣子就從起居室探出頭來迎接。

——妳回來啦。

這句話在胸口漾開一股暖意，過去理所當然能聽見的話語，令人無比安心。這才讓朝名意識到，自己原來一直渴望這些微不足道的日常招呼。

「我、我回來了，羽衣子阿姨。」

朝名雖然擔心這樣會令人厭煩，仍再說一遍。

接著，羽衣子笑著點頭。「歡迎回來，妳口渴了吧？我有泡茶，來歇一會兒吧。」

她繼續說：「還有喔，朝名，要記得叫我媽媽。」

「是、是！那個，老師的情況……？」

「咲彌嗎？嗯——我剛才去看他的時候，好像還在發燒。希望明天就會退燒了。」

咲彌會生病都是朝名害的，自己理應要照顧他。對，她下定決心。

（杏子，對不起。）

自己想方設法不要讓杏子來探病，此刻內心充滿一種使詐占了便宜的罪惡感。而且朝名和杏子之間的事跟咲彌無關，他此刻正因生病而難受。

「那個……」

「什麼事？」

只是要照顧病人，有一個大問題。

朝名向羽衣子鞠躬。「可、可以請妳教我，照顧病人的方法嗎？」

朝名之前感冒時年紀還很小，記憶已十分模糊，她早就忘了照顧病人該做哪些事。

「照顧病人的方法？」

「我不太有機會照顧病人，也很少生病的經驗……」

「原來是這樣呀，朝名妳身體很好吧。我當然可以教妳嘍。」

朝名原以為羽衣子會十分震驚，所以聽見羽衣子出乎意料的平淡反應，她不禁抬起頭。

「妳、妳不覺得奇怪嗎？」

「哎呀，當然是身體健康比較好吧。」

她的話很有道理，只是羽衣子回答得太過稀鬆平常，反倒讓朝名說不出話了，畢竟堅持說自己很奇怪也不對勁。

「說得也是呢。謝謝妳，麻煩妳了。」

什麼都不問，只是溫柔對待自己的那份體貼心意，令朝名很高興。

朝名延後和羽衣子喝茶的時間，先拜託她教自己幾項照顧病人的要點，就朝裡面咲彌的房間走去。

朝名敲門，門後響起不知是應門還是呻吟的聲音，朝名緩步走進房間。咲彌的房間大概兩坪半大小，並不寬敞。房裡微微飄著菸草味，除了一床棉被、一張小桌子，其他地方全擺滿了書。書本種類繁多，有小孩教養相關的雜誌，也有圖鑑、字典，甚至是學術書籍或研究論文等，還有娛樂用的小說。

這麼多書咲彌全看過了嗎？朝名既訝異又佩服。

「老師，失禮了。」

鋪在房間一角的被窩隆起了人的形狀。朝名小心翼翼穿過門前方一座座書塔間的空隙，好不容易才走到被窩旁。

「老師，你感覺怎麼樣？」

朝名出聲問，咲彌慢吞吞撐起上半身。他身上睡衣凌亂，長及後背一半的黑髮從肩膀側邊流瀉而下。那副慵懶姿態比平常更加性感，朝名看得內心怦怦直跳。

「……好像……不太好吧。」

「你、你別勉強，請躺著。」

朝名把拿來的水瓶和杯子放在空位。用來打濕小毛巾的那桶水也快涼了，待會兒要重新換一桶熱水來。

「妳不用介意我，輕鬆地待在家裡就好了。」

「不可以。畢竟，都是我害的。」

一切都怪朝名想得太天真，沒能讓咲彌遠離天水家。

「妳不用覺得自己有責任喔，是我自作主張要闖進去的。」

「……不，是我思慮不周了。」

咲彌嘆了一口氣，鬱悶地攏起長髮。朝名擔心惹他生氣，但他卻露出傻眼的笑容。

「妳真頑固，不過也是好事啦。一定是因為妳有這份堅強，才能撐到今天吧。」

為什麼？咲彌為什麼會懂呢？朝名之所以竭盡全力反抗，即使早就對光太朗和浮春死心，即使對未來感到憂慮，至少也要守住自己的心——強顏歡笑背後的那份逞強。

（不，存在我內心深處的，果然還是老師那句話。）

都是拜咲彌所賜，才得以守住埋藏在自己心中的一切。他的存在，還有他所給予朝名的一切，就是如此重要。

「抱歉，我講得一副自己很懂的樣子，很討人厭嗎？」

眼見朝名忽然沉默，咲彌以為自己惹她不快，慌忙詢問。

朝名忍不住笑出來。「老師，謝謝你。謝謝你總是會找到我。」

「咦？」

「沒什麼，你不用在意。」

再待下去，自己可能會因為咲彌剛才那句話，太高興而不小心說溜嘴。朝名假借要去換熱水而離開房間。心臟依舊鼓動到發疼，明明應該讓咲彌安靜休養，但在一起的時光太愉快了，忍不住想一直待下去。

（真奇怪，這裡又不是人魚花苑。）

朝名一直認為，是因為置身於自己最喜愛的人魚花苑，又跟賦予自己無可取代的珍貴回憶的咲彌一起，那些午休和放學後的時光才會那麼美好。

如果並不只是這樣的話——

朝名在房門外猛搖頭，她告訴自己不能想這個。因為，這份心情不會讓任何人幸福。

◆

深夜，咲彌突然醒來，感覺棉被上有異常的重量壓著，緩緩地挪動視線。是朝名，她手裡抓著半乾的小毛巾睡著了。

她安穩地沉睡著，還發出「呼，呼」的細微呼吸聲，多半是照顧到一半，不小心睡著了。她的臉色不太好，才剛在天水家被抽取了大量鮮血，身體應該尚未完全恢復。

咲彌避免吵醒睡臉天真無邪的未婚妻，小心翼翼地坐起來。發燒時特有的暈眩感及頭腦昏昏沉沉的感覺幾乎都消失了，看來燒似乎退得差不多了。

（總覺得，有點抱歉啊。）

朝名居然這麼為他人著想，總是竭盡全力。八年來遭受那種惡劣對待，也始終不改其志。令人不禁疑惑，她為什麼可以堅持到這種地步呢？看起來不太有自信，卻不軟弱。不過正因如此，也可能有一天就突然因為某件事而崩潰。

咲彌輕輕地伸出手，撥開落在朝名眼睛上的瀏海。他很清楚，內心對她的這份情感絕對無法稱作「愛」。咲彌託付真心的對象，只有爺爺、媽媽、深介和留學時認識的那群朋友。其他人就跟路旁的大石頭沒兩樣。就連現在，要是朝名和媽媽掉進河裡溺水了，自己會毫不猶豫地先救媽媽。

可是，事後肯定會因為這個決定而後悔吧。咲彌覺得自己肯定會懊悔一輩子，當初為什麼會對朝名見死不救。那大概是正逐漸萌芽的另一種情感吧。

「妳不需要因為我的自作主張，而覺得自己有責任喔。」

咲彌把朝名帶離天水家，是出於自身的衝動，感冒也是那個選擇帶來的結果，說起來就是一種自我滿足。因為看不下去朝名在眼前受傷，因為坐視不管會讓自己感到內疚，那動機一點都不純粹。

確實，失去在人魚花苑的時光是很可惜，但就算真的失去了，也很快就會忘懷，繼續正常生活。咲彌並不像朝名心目中認為的那樣美好。

「妳真的很不可思議吔。妳明明一直在跟我保持距離，而我卻漸漸地被妳吸引。為什麼妳可以那麼信任我呢？」

每次見到朝名，總有一股近似懷念的情感湧上心頭，同時還有一種喜悅般的心境。更何況，她的目光中還透著掩藏不住的親近。

（與人魚之血女子結合的命運嗎？）

咲彌一直認為那只是爺爺一個人堅信著空洞而過時的傳說，但萬一並非如此的話……

日式睡衣領口敞開的胸前，顯露出攪亂咲彌人生的不祥花朵斑痕。從前深介說很詭異，不過朝名卻說很美。

朝名和咲彌身上同樣都有斑痕，同樣體質特殊。兩人是同病相憐的好夥伴，說不定是由於命運的引力才受到吸引。簡直就像一道詛咒。

「不過，我不會放棄結婚的。」

朝名擔心的天水家，應對方法多的是。考慮到爺爺的盼望，也為了防患未然，不能再放任天水家繼續作惡多端了，順便也救出朝名。

「這樣一來，就不算說謊了吧。」

咲彌像對待易碎物般輕柔撫摸朝名的長髮。

隔天早上燒全退了，咲彌正在整理儀容準備去學校。昨夜後來過沒多久，原本趴睡在咲彌棉被上的朝名，起身離開房間。咲彌一直裝睡，因此她大概不曉得半夜咲彌曾醒過來。

「那我們走吧。」

咲彌穿戴整齊後，在起居室和媽媽跟朝名吃過早餐，就一起走出家門。

「好。可是，我們一起去學校，不會在學校引發傳聞嗎？」

朝名遲疑地說出擔憂，咲彌笑了。

「如果妳擔心，那我就跟妳保持距離。而且，要是真的被看見了，到時候再說吧。」

正如朝名擔心的，在工作場域傳出八卦多少是有點麻煩，但也不至於絕對不行。說不定徹底斷絕退路後，她也會下定決心結婚。

真是一段畸形的關係，朝名想和咲彌保持距離，咲彌卻因為想實現爺爺的願望，一心要結婚。

「怎麼可以！老師，真的沒問題嗎？工作上不會有問題嗎？」

「不會、不會。」

咲彌敷衍地回應，抱著包包，一路往公車站牌走去。他刻意調整步伐，讓跟在後頭的朝名能夠跟上。

因此，他才沒留意到，在遠處轉角，一名少女的雙眸注視著兩人。

「……為什麼朝名會從咲彌家裡出來？」

第六章

化為泡沫消失

朝名到津野家借住幾天後，日子平靜到詭異，彷彿是暴風雨前的寧靜。沒發生任何事，連一丁點跡象都沒有，只是偶爾一瞬間，幽微的擔憂會蒙上心頭。

不過這幾天對朝名來說簡直如夢似幻，是無可取代的時光。不用被取血，每天早晚還能和咲彌及羽衣子邊談笑邊吃飯，和許多學生一樣搭公車及走路上學，身體狀況也是前所未有地好。

說「我回來了」，就能聽見有人回應「妳回來啦」，和別人一起合掌說「我開動了」。還有，每天都會道「早安」跟「晚安」。最近的朝名還很愛哭，光是再尋常不過的互打招呼，就讓她濕了眼眶。

（嗯——好像連臉都變圓潤了？）

朝名抬起戴著蕾絲手套的手，輕摸自己的臉頰。

這時，教室響起興奮的尖細歡呼聲。

「快看，是時雨老師和杏子喔。」

從教室門口可以看見咲彌和杏子正並肩走過走廊。

最近發生改變的，不光是朝名的生活。自從咲彌感冒痊癒，回學校崗位的那一天起，杏子就一直黏在他身邊。除了上課時間以外，早上、放學後、下課時間或有空時，杏子一定會主動湊到咲彌身旁不離開。

就連上學時，杏子也會讓司機開自家車來接咲彌，因此那天以後，朝名只能和咲彌錯開出門時間，獨自去學校。

「咲彌，今天我也做了你的便當，中午一起吃午飯嗎？」

杏子落落大方的聲音傳來，口吻及舉止都十分優雅，她果然是個堪稱少女楷模的人啊。

「嗯……也不是不行啦……」

咲彌或許是不想傷杏子的心，語氣略帶困擾地回答。

（看樣子，老師今天中午也不會過去人魚花苑了。）

朝名把手肘靠在桌上，托腮嘆息。真可惜，但也沒辦法。就算不能一起待在人魚花苑，只要珍惜能在津野家共度的時光就好了。

「謝謝。咲彌，我好高興。」

光聽聲音就能想像杏子的滿臉喜色，興高采烈的她肯定非常惹人憐愛。朝名就算臉色比以前稍微好些，也贏不過杏子。

「朝名！」

杏子和咲彌講完話，回到教室後，主動叫她。最近每次被迫看見杏子和咲彌在一塊兒，朝名就益發內疚。

「杏子……」

「我有些話想跟妳說，可以嗎？」

「咦？嗯，好。」

杏子平時總是光彩洋溢，此刻神情卻略顯僵硬。

「妳來這裡一下。」

朝名跟著杏子走出教室，穿過一群喧鬧的女學生身邊，站在走廊一隅。至今從不曾發生過這種事，朝名不由得緊張。

「杏子？怎麼了，突然叫我出來？」

「那個……朝名。」

杏子在這裡稍微停頓，神情凜然又認真地直視朝名。

「妳有發現我的心情吧？」

「咦？」

「我對咲彌的心情啊。」

朝名倒抽一口氣，因為這是她一直盡可能避開的話題。心跳加速，後背冷汗直冒，真不想談。可是，看杏子的表情就明白，此時敷衍是行不通的。

「杏子，妳對時雨老師……？」

朝名好似吸不到空氣般難受，勉強問出口，杏子重重地點頭。

「對，我喜歡咲彌喔。喜歡到希望未來可以和他結為夫妻。」

她終於攤牌了，朝名彷彿看著別人的事一樣，在心中這麼想。之前，朝名只是因杏子的態度和咲彌的話猜測八成如此，心裡頭仍抱著僥倖。不過，杏子清清楚楚地坦白了。

「這樣呀……」

「對。所以呀，朝名。」

——對於我的戀情，妳會幫我加油的，對吧。

看著杏子臉上浮現美麗到駭人的笑容側頭詢問，朝名彷彿全身凍結。

「加油……」

「對。我也不是希望妳特別做什麼，只要偶爾聽我講講話就夠了。妳是我的好朋友，我才能像這樣跟妳分享我的祕密，希望妳為我打氣。」

「那、那個，可是……」

「不要告訴大家喔，我不想弄得人盡皆知。我只是希望私底下有個人可以商量。」

可以吧？拜託妳，一定要喔。

杏子不給朝名回答的機會，立刻轉身離開，只是一個勁兒說完自己想說的，這不像她的作風。朝名獨自愣怔著走回教室。

「時雨老師和杏子，實在好登對啊。」

「嗯，真的。看起來感情好好，是人人稱羨的一對夫妻呢。」

「她們說要一起吃午餐呢。我要不要溜去偷看呢？一定是一幅美好的畫面。」

同學們竊竊私語的內容自然傳進耳中，又使朝名想起杏子告訴自己的話，頭好痛，胸口也痛。

（我該怎麼辦才好呢？）

早知道，當時就應該老實坦白自己和咲彌有婚約的事情。但朝名沒能說出口，談話就結束了，事後也不知該如何坦承才好。這下她成了明知朋友愛慕咲彌，卻在背地和咲彌往來的卑鄙之人。

日後不管透過何種方式，一旦杏子得知朝名和咲彌的婚事，自己和她之間的友誼肯定再也無法恢復原狀。

「我該怎麼辦？」

或許是她奢求太多了，明明是個怪物，明明應該一輩子活在陰影裡，不和他人有所牽連，但她什麼都不願失去，想要的太多了。

下午的課開始了，朝名的班級上的是縫紉課。教室內的所有人都面對縫紉機勤奮製作老師規定的襯衫，朝名也取下右手手套，配合紙型剪裁布料。

材料是價格不算貴的白色棉布，朝名拿縫紉剪刀沿著先前用蠟筆在上頭畫好的線俐落地剪布。

每個人的進度都不同，但大家畢竟都是春天一起開始動工的，現在差不多都畫完紙型，跟朝名一樣正在剪布的階段。剪完布後，接下來就是車縫了。

約莫五、六十歲的女老師在教室裡走動，觀察同學的情況，不時出聲指導學生。她的性格沉穩，不會在小事上囉嗦，同學做事時小聲聊天，只要不過分吵鬧，她也不會加以制止。因此這時，幾乎所有學生都愉快地低聲交談。

（怎麼偏偏遇上這堂課。）

朝名輕輕蹙眉，一直盯著布。因為，杏子就坐在她斜前方的位子上。縫紉教室的座位不是按照點名簿上的順序，完全是自由選位。朝名平時總是和要好的杏子跟那群朋友們坐在附近，她手裡忙著，嘴上也會參與聊天。

可是，偏偏今天她並不太想靠近杏子。

「然後呢？然後呢？杏子，你們兩人的午休時光怎麼樣呢？」

其中一位朋友雙眼發亮，積極追問杏子。

「呵呵，很開心啊。咲彌從以前就是個體貼的人，他自己明明也有帶便當，還是吃了我做的便當。」

「哇啊！」

這個瞬間四周的少女全沸騰了，只有朝名一反常態地益發沮喪。

朝名很清楚，自己沒有立場對咲彌和杏子說「你們兩個不要一起吃午餐」。因為她是那個一直在設法取消這樁婚事的人，也是杏子的朋友，根本不應該去限制兩人的行動。更何況如果朝名順利離開咲彌，杏子多半會成為他的未婚妻吧，那朝名就更沒資格了。

（可是，我不希望老師被杏子搶走。）

這個念頭閃過腦海，她對於自己居然如此自私又沒出息，心情更是低落。

「杏子，那妳知道時雨老師喜歡吃什麼嘍？」

「嗯！不過，他吃什麼都吃得津津有味的樣子。今天的便當，他特別稱讚了涼拌茗荷，看來他似乎喜歡富有香氣的蔬菜。」

杏子把手貼上泛紅的臉頰，略顯嬌羞地這麼說著，朋友們紛紛「齁～」了一聲。

（這種事我也知道。）

咲彌喜歡生薑、大蒜和茗荷這類辛香類蔬菜，但他不太愛香料，比起肉更愛吃魚，喜歡清爽的料理。還有，他喜歡老闆店裡的紅豆麵包。

他曾告訴朝名，留學時國外許多料理調味很重，會添加胡椒等香料，讓他很困擾。餐桌上出現烤鮭魚時，他會面露喜色；出現肉丸時，他動筷的次數就少了。

朝名在腦中一一細數咲彌的習慣，猛然回神。自己到底在比較什麼？儘管沒有真的說出口，但自己竟然在腦海中唱一齣與朋友較勁的獨角戲。

（我原來是這麼討人厭的女人嗎？）

自己什麼都不說，卻一個人胡思亂想這些，根本沒意義。

「哎呀，好羨慕喔。杏子，妳可以和時雨老師這樣家世好，體貼，又帥氣的男性結婚，真的好幸福。」

「嗯，我自己也這麼認為。不過，他這麼出色，似乎有很多女性愛慕他，我很擔心。」

杏子垂下眉尾半嘆息地說，朋友們紛紛露出同情的表情。

「說得也是吔。」

「我們只是很崇拜他，老師都有杏子這樣才貌雙全的未婚妻了，我們自然沒有追求他的想法。」

「其中畢竟有人無法區分理想與現實的差別啊。」

朝名不想再聽下去了，剪布的手也無意識地停下。看著杏子，聽著杏子的話，就愈覺得自己醜惡，原就少得可憐的自尊心也快消磨殆盡。要不隨便找個理由，換到其他空位上？就在朝名環顧四周時——

「杏子，我們也可以聽嗎？」

「我們也想聽時雨老師的事。」

坐在遠處的同學向杏子搭話，她們隔空聊了幾句後，在朝名移動前，杏子等人先決定要換位子了。

（太好了。）

自己只要不跟著杏子她們過去，就不用再聽這些了。朝名鬆口氣，輕撫胸口，再次集中注意力在剪布上。

杏子她們手腳俐落地收拾好布和縫紉工具，準備起身。好巧不巧，杏子的縫紉剪刀掉在朝名正在剪布的手上，刀刃擦過朝名的右手，噹啷一聲掉到地上發出巨大聲響。

「好痛！」朝名反射性叫出聲，左手按住右手。

「對、對不起！」杏子臉色發白，慌張地跪到地上。

不過，血色盡褪的反倒是朝名，她立刻拿手帕蓋住滲血的傷口。

「傷、傷得不是很嚴重，沒關係。」

幸好只是擦傷，傷口沒有太深，就是幾秒後會隱隱發疼的那種程度。不過，這正是問題所在，輕傷的話只要幾秒鐘就會癒合了，現在大概已經癒合了才對。

要是被人看見這件事——朝名在這間學校恐怕就失去立足之地了。朝名冷汗涔涔地對杏子笑，杏子的臉色白透了，正微微發抖。

「朝名……那、那個……」

「妳真的不用放在心上，這種傷只要搽搽藥，馬上就會好了。」

「對對對，快去保健室。」

「我自己去就行了，杏子妳就留在教室吧。」

朝名一說完，杏子似乎稍稍放下心來。難道她看見自己的傷口癒合了？但看來又不像。

（太好了。）

要是不能來學校就傷腦筋了，就算有一天必須離開，但朝名現在什麼都還沒準備好啊。更何況，朝名無意嚇壞杏子。

「天水，傷口不要緊嗎？」

老師出聲關切，朝名點頭。

「不要緊，我可以現在就去保健室嗎？」

「可、可以，當然。」

隔壁座位的同學也幫朝名收拾東西，收好後便離開了縫紉教室。上課時間走廊上空無一人，朝名輕輕拿開原本按在手背上的手帕。當然，傷口已不見蹤影，只有原本病態白皙的完好肌膚。

（接下來，該怎麼辦呢？）

不能馬上回縫紉教室，但傷口沒了，去保健室也沒意義。朝名回到原本的教室，把縫紉工具和剪到一半的布收進自己的櫃子。同時取出一條白布片，撕成細條狀，隨意纏上原本有傷口的位置，再從上面戴好手套。

（這樣應該可以了吧。）

總之，看起來應該像是蕾絲下方纏著繃帶的樣子了。朝名也想過就直接等到下課鐘響，但她不知道該待在哪裡好，便走出教室。

還是先走到保健室附近，假裝自己有去過再回來就行了。儘管如此，經過其他教室聽到老師授課的聲音，她有種幹了壞事的罪惡感。要是遇見沒課的老師，該找什麼理由搪塞好呢？她一邊走一邊思考這個問題，結果她的擔憂馬上就成真了。

「這不是天水嗎？」

在走廊前方朝這裡舉手出聲的是數學課的老師，一名年約五、六十歲的男性，性格並不嚴厲，朝名暫時放下心來，但他也沒好糊弄到會什麼都不問就放過自己。

朝名有禮地低頭打招呼。

「妳怎麼沒上課？」

「我原本在上縫紉課，但手割傷了，剛剛先止過血，正要去保健室卻迷路了。」

朝名讓他看手上隱約可見的白布條，字斟句酌地回答。數學老師似乎接受了這個答案，「嗯」了一聲點頭。

「那還真叫人擔心吔。不過，妳來得正好。」

「什麼事？」

「剛才收到一封署名給妳的信，妳要現在過來拿嗎？」

「信……？」朝名納悶地側頭。

有信寄給學生本身並不算稀奇，寄信人不知道該學生的住址時，經常採用這種方式。只是，朝名是第一次收到寄來學校的信。

「好的，說不定有什麼急事……」

「那妳一起過來吧。」

朝名跟著數學老師到教職員辦公室取信後，在走廊上就立刻拆開信封。她拿著咖啡色樸素信封的手在發抖，上面雖沒寫寄信人姓名，但收信人姓名是熟悉的字跡。

（這是哥哥的字。）

朝名一直在想，果然還是發生了，爸爸跟哥哥不可能一直放任朝名不管。

信中內容十分單純。

——馬上回家，別以為離開天水家妳活得下去。

意識恍惚間，浮春最後拋下的那句話浮現腦中。「妳會後悔的。」

老實說，朝名並不後悔，只是離家後確實明白了一些事。朝名缺乏足以自力更生的一技之長，不管怎麼說，要和大家過一樣的生活並不容易。

朝名連幫忙做菜都有問題，要是切到手指，菜餚裡只要混進一滴自己的血，就會害所有人喪命。在人前也必須避免像今天這樣受傷，一整天都必須繃緊神經小心意外才行。

在天水家，自己只要窩在房間裡就可以了。可是，一旦到外頭世界就不同了。一切都必須靠自己的力量達成，因此朝名在生活中必須花比常人更多一倍的力氣處處留神。

「我——」

這樣下去是不行的，已經是第幾次這樣想了呢？朝名沒有權利享受溫馨的生活。因為就算離開天水家，也不會改變朝名是個怪物的事實。

朝名握緊那封信，將紙張捏至變形。

放學後的朝名一如往常地來到人魚花苑，卻沒辦法獲得從前的那種平靜了。不管是永遠盛開的山茶花，盈滿澄澈清水的水池，還是鳥兒婉轉的叫聲及樹葉摩擦的沙沙聲。以前就算是沉鬱的陰天，這裡也能療癒朝名的內心，但此刻卻感到無比空虛。

（這樣下去，我別說是離開老師身邊，連原來的生活都回不去了。）

朝名最害怕的就是這件事，當某個人的存在變得理所當然，時間愈久要放手就愈困難。

（好可怕。）

一直到不久前，自己還只是單純喜愛這個地方。一心覺得這個埋葬著許多和朝名同樣身為人魚之血女子，受一輩子苦後死去的女性的地方很美。然而，現在只是少了咲彌，這裡居然就成了一個索然無味的地方。

「我得走了……」朝名用力踩上池畔的青草。

朝名有種感覺，只要能遠遠看見咲彌，看見那個不會看向自己，只是一位教師，只是素昧平生的他，然後再回到這裡來，似乎就能獲得以前那種平靜。

朝名的腳步極為沉重，一步一步好似腳上綁著鉛塊般，慢慢走出人魚花苑。現在這個時間，咲彌應該還在教職員辦公室裡吧。

橘紅色夕陽灑進木板地面的走廊，朝名踩得地板嘎吱作響，對咲彌身影的渴望促使她向前走，從門口輕輕窺視辦公室裡頭。

（不在……）

唉，朝名失望地嘆息，又邁開腳步。不在教職員辦公室的話，會在哪裡呢？不會是錯過了吧，難道咲彌正在人魚花苑嗎？可是，朝名現在不想在人魚花苑見到咲彌。那樣一來，情況就會變成自己擔憂的那樣。

真希望他是在某間教室裡，朝名打算去二樓，朝階梯走去。結果，很像咲彌的說話聲從階梯轉角平臺傳來，朝名立刻藏身牆邊，豎耳傾聽。

「深介，再怎麼樣，你來學校就過分了。」

「我們火之見家也是有出資這間夜鶴女子學院的理事，沒人有資格說我不能來。」

朝名沒有看見咲彌談話的對象，但他叫了聲「深介」，朝名就知道是前幾天打過照面的咲彌朋友，聽起來深介家跟學校頗有淵源。

「你還是不打算改變心意嗎？就算天水家販售劇毒也一樣？就算那些毒已經證實被用在多起犯罪中？」

「這些事我早知道了，我的想法沒有變。」

朝名靜靜地倒抽一口氣，原來深介對天水家幹的壞事瞭若指掌。

「深介，你差不多一點，太咄咄逼人了。你要是再繼續揪著這件事不放，我也不會默不作聲。」

「你已經有杏子了吧？」

「我跟她不是那種關係。」

「她應該也是你的結婚候補對象之一才對。我知道你對時雨家有意見，但像她條件那麼好的女性可沒有了。」

「那你去和她結婚不就得了？」咲彌似乎真的對深介動怒了。

不過深介的下一句話，令朝名宛如墜入冰窖。

「那麼留學的事，你要怎麼辦？」

「……」

咲彌沒回答，深介愈講愈激動。

「你之前寄來的信常提到，海外研究進展順利，充滿樂趣，辛苦也值得不是嗎？」

「現在爺爺的身體不好，沒辦法去了。」

「你要是乖乖照爺爺的意思入贅，天水家可能會讓你再也沒有機會踏上國外的土地喔，反正你也不是自己喜歡才當老師的。」

朝名忍不住摀住嘴，她從來沒想過這個可能性。她知道咲彌是因為爺爺身體情況惡化才回國的。可是，她一直以為咲彌早把國外的學業收尾，所以才回國落葉歸根的。

從咲彌迴避問題的態度聽來，他對國外的學業還有留戀。不知不覺間，朝名的身體顫抖不已。

「咲彌，你聽好了。你如果要娶妻，就選杏子。如果是她，要留學要幹麼她都可以陪你一起去吧。你不要待在這種地方浪費時間了，快點採取行動吧。」

「……」

「只有天水朝名不行，絕對不行，我不同意。如果有必要，我陪你一起去說服你爺爺，行嗎？」

咲彌會如何回答深介呢？朝名緊張地用力吞下一口口水，凝神細聽。

下一刻，未婚夫的回答相當明快。

「你說的都對。」

朝名再也聽不下去了，她摀住耳朵，快步逃離現場。好似有東西梗在喉嚨，手腳早就沒了知覺，只有心臟劇烈跳動著。朝名拚命跑，想跑到完全聽不見他們聲音的地方。

（原來從一開始，我對老師來說就只是個妨礙。）

自己不但是個怪物，家中還做盡壞事。說到底，結婚這件事本身也是。環繞在朝名周遭的一切，對正欲展翅翱翔的咲彌來說都是枷鎖，朝名對咲彌而言只是累贅。朝名不停地跑，直到跑出校舍，才終於停下腳步。

這時她發現，「啊……」自己的手，像水一樣透明。低頭往下一看，現在全身都變成半透明的了，可以透過身體看見地面。身體變得簡直像水一樣，無色透明。

朝名以為是自己看錯了。可是，不管揉幾次眼睛，結果都一樣。

「哈……哈哈，哈，呵呵。」

面對眼前荒謬至極，脫離現實的情況，自己的反應卻是無奈地笑。

（我會消失吧，終於要消失了吧。）

自己一直許願想變成水，好想變成水，在無人的海洋中單純漂蕩著。雖然不知道原因，但這個願望說不定終於要實現了。而且如果是現在，不僅朝名可以逃離天水家，也能放咲彌自由，還不用遭杏子怨恨了。

沒有比這更好的時機了，這就是所謂的及時雨吧。對，她應該開心。沒錯，就像這樣歡喜地笑著。

「咦、咦？」

她明明就在笑啊，眼眶為什麼這麼熱？溫熱的淚水流下臉頰後滴落，為什麼要哭呢？

「好奇怪……妳應該要開心啊，朝名。」

朝名對自己說，卻忍不住喉頭發顫，輕輕地摀住臉龐。

過了一會兒，朝名看起來透明的身體恢復原狀。朝名鬆了口氣，同時又對鬆口氣的自己感到失望。明明可以從大家眼前消失了，明明這個不可思議的現象來得正是時候，不開心簡直太奇怪了，不開心的自己真叫人難以置信。

朝名沒等咲彌，也沒去人魚花苑，就直接回家。用自己的雙腳上下學，曾是朝名的憧憬。不用特別和朋友一起也無所謂，不是一邊談笑一邊走也沒關係。

她只是想和大家一樣自己來學校，可是怎麼會這樣呢？此刻一個人走在路上，心裡沒半分感觸，也沒有任何感動，只感到很寂寞。

對朝名來說，女學生這個身分是她的救贖，是唯一能讓她體會到自由的環境。靠自己的雙腳走路，似乎也象徵著不受家裡束縛的自己。然而，一切都不能如願。自己的心，彷彿不屬於自己似的。

她在鋪著柏油的馬路上前進，此時朝名認出擋在面前的人，停下腳步。

「啊……」朝名雙肩一顫，一股寒意從後腰直竄上背脊，讓她再也跨不出步伐。

前面站著兩個人，一名是青年，一名是體格圓潤的中年男性。兩人皆穿著不俗，那名青年穿著格子花紋的純絲單衣，中年男性身上是剪裁合身的三件式西裝，戴了頂裝模作樣的帽子，手上拿了根枴杖。

雖然夕陽耀眼到眩目，朝名還是立刻認出，眼前是哥哥和先前的結婚對象，勝井子爵。

「哥哥……勝井先生，你們好。」朝名用顫抖、瀕臨破音的聲音擠出這幾個字。

「我愚蠢的妹妹啊，妳那是什麼表情。信收到了吧？我們可是勞心勞力、大費周章地來接妳吔。」

為什麼這兩個人會出現？疑問湧上心頭，大腦卻無法思考，嘴巴也發不出聲音。哥哥冷淡發話的那張臉帶來的壓迫感，強過以往許多倍。

「不錯吔，這不是養到正好的年紀了嗎？」

勝井下流的聲音如一盆冷水從頭頂澆下，朝名不自在地別過視線。兩人只在約兩年前見過一面，許久不見的勝井身軀肥胖依舊，打扮是極為有模有樣，言行舉止卻驚人地粗鄙。他那彷彿舔舐自己全身的目光，令朝名止不住發冷。

「我之前還擔心事情不知道會變成怎麼樣，但現在看來可以談出個共識，太好了。像妳這種珍貴的玩具要是被人搶走了，我哪受得了啊！」

「嗯。站在我們的立場上，這也是一筆好生意，太好了呢。」

浮春笑容滿面地應和勝井，他腳下鞋子喀喀喀響著，向著朝名走近。朝名立刻轉身，卻遲了一步。她的手腕被緊緊抓住，不管推或拉都掙脫不開。

「哥哥，這是怎麼一回事？現在這樣到底是？」

「因為妳和那個男人跑了，事情就變成這樣了。」

「咦……？」

「時雨咲彌和妳的婚約已經沒嘍。妳要照原先的計畫和勝井先生結婚，接受那個男人入贅是個錯誤。果然不能太貪心，看來還是要把妳嫁出去才不會引發無窮後患。」

「你這個說法太過分了吧，這樣不是把我說得好像惡的化身嗎？」

勝井似笑非笑地聳肩，浮春也「哈哈哈」報以大笑。

「我有說錯嗎？不過，是必要之惡。你旗下的生意對社會的金錢流動有巨大貢獻。」

「最近也有不曉得哪裡跑來的投資家在耀武揚威。不過，要贏我還早得很咧。」

兩人輕鬆交談的內容，朝名半個字都聽不進去。為什麼事到如今勝井還會冒出來呢？之前和時雨家訂下婚約時，天水家和勝井之間的關係應該惡化了才對。

朝名對勝井來說，是那麼有價值的商品嗎？

「哥哥，怎麼可以這樣，你們有問過時雨家的意思嗎？」

「當然，我們有通知他們要拒絕這門親事。聘金由於那男人把妳帶走，我們就當作賠償金收下了。對方多少有些不樂意，但那位家主也算是相當明理。」

哥哥笑著，看起來就像全然陌生的生物，那雙眼中的漆黑暗影甚至籠罩住了朝名。

「妳覺得我們很自私吧？不過啊，我們的人生從很久以前，就一直受人魚之血女子左右，我們被迫要奉獻整個人生，怎麼可以只有妳一個人隨心所欲地過活呢？」

「哥……哥。」

力氣彷彿都要從身體流失。浮春話中的含意，朝名是懂的。不管是他、爸爸或爺爺——天水家的男人，全都必須為了最大限度利用人魚之血女子以興旺天水家而活，不能選擇其他的生活方式。

然後，一旦人魚之血女子血液的力量減弱，他們就會親手砍下首級殺了她。不這樣做，下一位人魚之血女子就無法誕生，為此他們也必須抹煞自己的所有情感。

（就因為我的存在。）

只要朝名回到天水家，一切就會和平落幕吧。朝名嫁給勝井，爸爸和哥哥因為跟勝井的地下交易而大賺一筆。畢竟，只有天水家的人知道該怎麼處理人魚之血。

勝井在把朝名當作名為妻子的玩物時，可以從身體抽取人魚之血，讓天水家照至今的販售模式抽成。同時，他也會在各種交易上設法讓天水家得利作為回報。

勝井是帝都地下交易的核心人物之一，他有這等實力。可是那樣一來，一切都不會改變，每個人都依舊被天水家束縛著。就連咲彌也是，他既然得知祕密，就永遠逃不掉了。

「請你放手！」

哥哥肯定認為朝名會和從前一樣乖乖聽話吧。朝名趁他手上力道稍微減弱時，用力甩開手。自己不能在這時屈從於哥哥的話，也不能嫁給勝井。

（老師。）

朝名差點摔倒，但這次成功轉過身拔腿就跑。

「等一下，朝名！」

浮春對朝名的背影大喊。即便如此，朝名也沒有停下腳步，她此刻只想離開這裡。一定有什麼好辦法才對，只要借助咲彌的聰明才智，只要再有多一點時間，一定——咚！背後受到劇烈衝擊。

「唔……啊……」

灼燒般的滾燙刺痛感從後背逐漸擴散開來，範圍愈來愈大。朝名知道這個感覺是什麼，是身體被刀刺中的反應。

「潑辣悍婦就讓人傷腦筋了。不過，設法讓這種女人屈服也別有一番樂趣吧。」

發出不屑冷笑的人是勝井，他就站在朝名的正後方，是他刺的。背後立刻響起浮春提醒他的聲音。

「勝井先生，我說過直接碰到那東西的血很危險。」

「哈哈哈，不用擔心。要是怕危險，就得不到真正的快樂。你想想看，這就和人們即使知道河豚和鰻魚有毒也還是要吃一樣。」

勝井下流的聲音聽起來遙遠又含糊不清。好痛、好燙，要燒起來了。好難受，每次呼吸，都會牽動難以忍受的劇烈痛楚。只要刀還插著，傷口就不會癒合。

朝名伸手拔下插在背上的那把刀，不由自主地從喉嚨發出呻吟，全身痛到發抖，還能站著簡直就是奇蹟。

即使如此朝名也沒有倒下，依然邁開腳步向前走。

「我叫妳等一下！」

浮春似乎從後面伸手過來。可是，不管過了多久，朝名都沒有被抓住的感覺。

「妳的身體怎麼……」

「剛才一瞬間，看起來像是透明的，這究竟是……？」

兩人驚愕的聲音傳進耳裡，但朝名不予理會繼續向前走，他們似乎放棄追上來了。

傷口開始逐漸癒合，劇烈疼痛稍微舒緩了些。額頭滲出汗珠，失血後身體明顯比方才更加冰涼。

（老師……）

朝名好想看見咲彌的臉，只要他在身邊，朝名就能徹底安心。

「老師……老師。」

原來自己是多麼依賴咲彌，不光是依憑著過去的回憶，而是徹底依賴著他本人。

一陣冷風颳過，朝名拔出後就一直拿在手裡的那把刀，在尖銳的鏘啷聲中掉到地面，那瞬間忽然籠罩的烏雲落下細小的水滴，擊打朝名的臉頰。水滴轉眼間愈落愈多，下起了雨。

身上的痛楚消失，取而代之的是體溫急遽下降。自從離開天水家以來，這好像是第一次又嘗到劇痛、失血過多，頭腦昏沉彷彿籠罩在霧中的感覺。

「好冷。」

水珠從濕淋淋的瀏海滴落，雨點沿著額頭流下，散開的頭髮黏在臉頰和後頸。

朝名沒撐傘，渾身濕透依然不斷向前走，路人紛紛投來奇異的目光。但她沒有力氣去在意那些了。

朦朧的視野前方有個人影，一個撐著傘的男人，朝名停下如鉛塊般沉重的腳步。

（是誰……？）

是浮春或勝井追來了嗎？或者是，朝名盼望見到的那個人來接自己了呢？

「天水朝名。」

那個人喊了自己的名字，朝名抬起頭，這是方才在學校聽過的聲音。

「火之見先生。」

一身瘦削修長的西裝打扮，而臉被傘遮住看不見。照理說，誰都能一眼就看出來朝名的模樣不對勁，但他卻沒有伸出援手。

「我知道妳身上人魚之血的事。」

「……」

「妳有自覺對吧？妳是怪物，是裝作人類的怪物，骯髒、恐怖，不是人。」

他毫不留情地直接指出事實。朝名在至今的八年裡，曾無數遍對自己說過的話。可是，當這句話從他人嘴裡說出來，對朝名內心造成更大的傷害。

回過神，朝名已脫口說出：「這種事我也曉得。」

「那妳就放咲彌自由吧。不要賴著他，不要依靠他，不要主動伸手，不要向他求救。妳沒有那種資格，妳知道自己至今給咲彌造成了多少麻煩嗎？那傢伙好不容易，終於要走出自己的人生了，妳不要妨礙他。」

「……」

「妳想害他陷入不幸嗎？」深介發問的語氣盛氣凌人，一股不悅湧上朝名胸口。

朝名的心情不管是以前還是往後，都不曾改變。這個人根本什麼都不曉得，得知天水家的祕密，得知朝名的祕密，就自以為知曉了一切。這讓朝名打從心底不高興。

「這種事用不著你來說——」

含淚的吶喊從喉嚨傾洩而出。

「我比任何人，都希望老師獲得幸福！程度遠超過你，太多了！」

就算朝名為咲彌所做的一切全是白費力氣。就算如此，只有這份心情是最真實的，別人沒資格指指點點。語畢，朝名就腳步虛浮地從擋在前面的他旁邊走過，深介也沒有留她。

所有的一切都讓人受不了，咲彌、杏子……還有家人。朝名受不了，害所有和自己有關的人的人生都亂成一團。受不了因為自己的存在，害他們臉上失去笑容。

「笑容是最棒的，幸福會降臨在笑口常開的人身上……」

朝名低喃的聲音被雨聲掩蓋，沒有人聽得見。

為了別讓大家失去笑容，自己可以做什麼呢？用不著想，那個辦法早就在眼前了。

第七章

找到自己的人

今天早晨咲彌睡醒時，心中有股不祥的預感。自己明明不是慣於早起的類型，不知為何特別早醒。昨晚雨勢滂沱，現在完全停了嗎？朝陽的亮光透過窗簾射進室內。

時鐘指向咲彌平常起床前的十分鐘，門外傳來媽媽輕柔的腳步聲，和準備早餐時發出的各種聲響。與平時無異，津野家的早晨。

咲彌離開被窩，換好衣服走出房間。在貼滿磁磚的洗臉臺洗把臉，用剃刀刮鬍子，梳理頭髮後再用髮簪結好。

他來到起居室時，羽衣子剛好將料理一一端到餐桌上。

「早安。」

「早安，咲彌。」

媽媽溫煦地微笑，咲彌也揚起嘴角。不過，他感到有點不對勁，疑惑地側頭。因為沒看見那道這幾天在家裡已成理所當然的少女身影。

「媽媽，朝名呢？」

朝名每天早上都會起得比咲彌更早，幫忙羽衣子做家事。由於她的體質特殊，不能在廚房拿菜刀，但是除了烹煮之外，洗衣、掃地，她什麼都做。

羽衣子聽見咲彌的問題，神情納悶地回「就是說啊」。

「朝名今天還沒有起床。昨天她遇到驟雨淋成落湯雞回來，說不定是身體不舒服。咲彌，你去房間喊她一聲？」

「好。」

朝名的房間在玄關一進來的位置。原本是給家僕住的房間，為了她而空出來，搬進棉被枕頭和小桌子等必要的家具。光是這樣，朝名就高興得不得了，她說好久沒有睡在有大窗戶的房間了。

咲彌站在房門前，輕輕敲門。「朝名。」

沒有回應。睡得太熟了嗎？咲彌稍微加重力道再敲一次。

「朝名，妳起來了嗎？」

但依然沒有回應。別說回應了，連一點聲響都沒有，感受不到有人在的氣息。難不成朝名不在房間嗎？不祥的預感在心中膨脹，咲彌使勁握住門把。

「抱歉，我進去嘍。」

他輕手輕腳地開門，發出「嘎——」的聲響。房內果然沒人，還有種很空曠的感覺。太整齊了，棉被摺得漂漂亮亮，桌上文具也擺得井然有序。地板上一塵不染，就像剛打掃過。

「朝名！」

咲彌環顧房內，房間並不大，就算瞪大眼睛看遍每一個角落，明顯就是沒人在。

「朝名，妳去哪裡了！」

咲彌內心忐忑不安，一股惡寒爬上後背，心跳急促，冷汗直冒。

（被人帶走了嗎？不可能，要是那樣自己不可能沒發現。）

如果是天水家，是有可能闖進別人家裡把朝名帶回去，但真要是那樣，房間裡也太整齊了。而且屋子並不大，咲彌和羽衣子也都在，不可能沒察覺到陌生人進出的動靜。這樣一來，朝名就是出於自願離開這個家了。

咲彌忽然看見桌上擺著一個眼熟的物品。

「這是朝名的。」

黑色蕾絲手套，咲彌常常看見朝名戴。

咲彌拿起手套走到起居室。「媽媽。」

「怎麼了？你臉色好凝重。」

「……朝名不見了。」

「咦！怎麼會，糟、糟糕，該怎麼辦才好！女孩子家一個人很危險。」

羽衣子驚慌失措，咲彌把手套拿給她看。

「這個留在桌子上。」

然後，羽衣子伸手接過手套。「這雙手套……」

「這應該是朝名最珍惜的一雙手套。她很常戴，平常也總是隨身帶著。」

這雙手套是朝名用來遮掩手上斑痕的。只是她珍惜這雙手套的程度，不是光用有必要才寸步不離隨身帶著就能說明的，畢竟她還會特地摺好收進專用的束口袋，時刻收在懷裡。

她會把這雙手套留下來，一定有什麼原因吧。羽衣子盯著手套暫時陷入沉思，一會兒後，她總算抬起頭。

「果然沒錯，這是我以前的東西。」

「咦？」

「是什麼時候呢……我常跌倒受傷弄破手套，所以你總會隨身帶著繃帶、藥和備用的手套，對吧。」

用不著詳細說明，咲彌就想起了某段記憶，八年前碰巧在路上遇見的一名少女。那件事早就沉到記憶深處，不過一旦想起，當時的細節就一一自動浮現。

「還大了一點，不過妳比媽媽更適合，那就送妳嘍。」

自己當時還不是時雨咲彌，而是津野咲彌，說完這句話後，就把那雙黑色蕾絲手套送給了那名少女。哭著自殘的年幼少女看得他特別心疼，少女那雙不像個孩子、彷彿放棄一切般的眼神令他不忍心。

他之前常心想，這雙手套很像吔，沒想到——

「怎麼可能！」

不可能有這種事，如果羽衣子推測的是事實，當時那名少女就會是朝名。多年後，兩人居然又輾轉重逢。咲彌愣怔地喃喃自語，羽衣子聽了便搖頭。

「錯不了的，花樣也一樣。而且你看手腕邊緣這裡，曾有一點點脫線，是我補好的。不過，線的顏色和質地跟手套原本的材質不太一樣，仔細看就會發現。」

儘管羽衣子這麼說，咲彌依然難以置信。咲彌搜尋記憶，他想要回想出當時那名少女的長相細節，但他雖然想起有這件事，卻沒辦法連具體容貌都想起來。更何況，都過了八年了，就算想起來也沒辦法確定就是同一個人吧。

「總之，我去找朝名。」

「嗯，最好動作快，萬一出事就糟了。」

「我出門了。」

咲彌從羽衣子手中接過手套收進懷中，走出家門。

如果朝名是在羽衣子起床前離開家的話，那個時間還沒有公車，她是一個人走路離開的嗎？咲彌用身上不多的零錢搭公車，朝夜鶴女子學院前進。距離上學時間還早，他直直穿過空無一人的學校，朝人魚花苑走去。

「拜託，一定要在那裡。」

他走過熟悉的路，撥開山茶花樹的枝葉。在頓時開闊的視野前方，咲彌理所當然地認為映入眼簾的會是熟悉的風景，但他震驚了。

「人魚花苑……」

昨夜那場大雨使池水滿溢而出，原本彷彿神域般的靜謐氛圍蕩然無存。整塊地都浸泡在汙濁的泥水和爛泥中，就連鎮守在水池中央的祠堂都沾滿了泥巴、草和葉片，汙穢不堪。然而，不見朝名的蹤影。

「為什麼？」

咲彌不知道她還可能會去哪裡，畢竟朝名的容身之處就只有家和學院。難道，她回去天水家了？不，應該不可能。那麼，她是遠走陌生土地了嗎？

咲彌不顧鞋子變得泥濘不堪，在水池四周徘徊，拚命回想朝名昨天的樣子。咲彌工作結束回家後，朝名已經在家裡，正在幫羽衣子做家事。羽衣子很擔心朝名沒撐傘渾身濕透回家會生病，但朝名當時看起來並沒有特別不對勁之處。

三人圍在餐桌前聊天時，她也跟平常差不多，帶著笑臉——

（真的嗎？）

朝名非常擅長笑，她會隱藏自己內心各式各樣的感受和想法，避免影響其他人。就算知道那張笑臉是她刻意擺出來的，也沒辦法窺見她的內心。

凌亂髮絲貼在臉上，咲彌粗魯地撥開，嘴裡叨唸著。

「朝名，對笑容很執著……」

啊，他驚呼。為什麼之前都沒有聯想到呢？

「只要老師能一直保持笑容，那樣就夠了。我聽說幸福會降臨在笑口常開的人身上。」

「聽說幸福會降臨在笑口常開的人身上。」這句話正是咲彌當時告訴那名少女的話。

那麼，那名少女果然是……咲彌拿出收進懷中的手套。

「我一定要找到妳。」

咲彌離開人魚花苑，奔向校舍。教職員辦公室裡已經有幾位老師在了，他簡短打過招呼後，就又在校舍中到處跑。

（沒有……也不在這裡。）

他一間間找遍所有教室，朝名的教室也看過了，但沒看到她。說起來，發現朝名不在人魚花苑時，或許就該判斷她並不在學校裡了，如無頭蒼蠅般搜遍整座帝都，是不可行的。

朝名身上沒有錢，照理說去不了太遠的地方，但要在人山人海的帝都裡找一個人，太過有勇無謀了。這種時候，能動用的關係，都得先問問看。

咲彌離開學院，跑到最近的公共電話亭，他告訴接線生要找誰後，電話很快就接通了。

「我是時雨咲彌。對，沒錯，請你幫我找一下深介。」

火之見家有許多家僕也跟他很熟，他才一報上名字，對方就去叫深介了。現在這個時間，整天東奔西跑的深介應該也還在家才對。

「咲彌嗎？怎麼了？突然打電話來。」

深介很快就接起電話，咲彌沒打招呼就直接切入主題。

「我有急事，要拜託你馬上幫我處理。」

「好啊，怎麼了？」

「我希望你幫我找天水朝名，要找警察還是偵探都可以。透過你的人脈，拜託。」

深介沒有回答。果然不行嗎？片刻之後，深介僵硬的聲音從話筒中傳來。

「天水朝名，不見了嗎？」

「對，所以我才希望你幫忙找。你先把我結婚的事擺到一旁，現在一名年輕女性失蹤了，也有可能是被捲進了某個案件中。」

「沒必要找吧？」

咲彌說得很急，愈講愈激動，深介則不客氣地冷淡回應。

「這樣不是正好？只要天水朝名不在，各種問題就都解決了。我不認為該去找她。」

「你這樣說是認真的嗎？」咲彌擠出的聲音簡直像在呻吟。

深介居然為了咲彌說要對朝名見死不救，簡直不可置信。就算天水家做了許多壞事，深介這個人又對這種事有潔癖，但他居然說要讓一名才十六歲的少女自生自滅。

「我沒想到你居然會說出這種話，我一直以為你是個更有情有義的傢伙。」

「真遺憾，我可沒有情義能分給怪物。」

這個瞬間，咲彌的內心冷了下來。咲彌想都沒想過，偏偏是自己的好朋友用怪物這個詞來形容朝名。大腦深處彷彿瞬間結凍，傳來一陣尖銳刺痛。

「你再說一次看看。」

「天水朝名就是怪物，不是人。反正她又死不了，根本不用去管她。」

「深介！」

「更何況，她是自己消失的吧。太好了，怪物也有自知之明，你終於自由了。」

不會吧……咲彌因心中恐怖的想像而受到震撼。

「你沒有把這些話當面對朝名說吧？」

咲彌希望深介說沒有，他祈禱事情不至於到那種地步，而深介滿不在乎地回答。

「說了又怎樣？」

咲彌頓時全身一軟，差點就要跪到地上。朝名當面聽見這種話，心裡會有什麼感受呢？她肯定會深深受到傷害。為什麼？為什麼深介可以表現得如此若無其事，批評一名無辜的少女是怪物，一味貶低她，到底為什麼？

「……我懂了。」

「嗯，你要是懂了，就趕快忘記那種怪物，和天水家斷絕關係。然後……」

「不！我要斷絕關係的是你，火之見深介。」

「啊？」

「我不會再當你是朋友，我絕對不會再拜託你，你也別再出現在我面前了。」

「咲彌，你冷靜點……」

「要是朝名就這樣不見了，我一輩子都會恨你。」

「喂、喂，等等。咲彌，你聽我說——」

深介想解釋，但咲彌不予理會，粗魯地掛上電話。一股欲嘔的衝動從腹腔底部湧上。好半晌，他就一直拿著話筒，垂著頭。

他以為畢竟是好朋友，深介總有一天會理解自己。就算天水家一直幹些喪盡天良的壞事，有一天深介也會願意去理解咲彌珍視的人，願意和自己站在同一邊。正因為深介是隨時都會為咲彌考慮的人，所以最終他也會理解朝名艱難的立場，結果根本大錯特錯！

「混帳。」

咲彌又拿起話筒。既然不能拜託深介，只好靠自己的關係盡量試試看了。咲彌才剛留學回國還沒什麼人脈，但就算交情不深，現在也必須去拜託看看。

首先，就先打給幫忙管理咲彌從國外帶回來資產的那位先生，請他找找看可能會有幫助的管道。

「——喂，是我。對，不是之前委託你的那個案子，是另一件事……」

◆

朝名一個人待在人魚花苑。雨停了，朝陽升起前，她就離開津野家，走到夜鶴女子學院，看見人魚花苑滿目瘡痍的面貌。儘管如此，朝名想待的地方，她應該待的地方，只有這裡了。

身體似乎完全變得透明，好像沒有人看得見朝名了。昨天是勉強恢復原狀了，但這次不曉得會怎麼樣。實際上，太陽升起都好一陣子了，身體仍完全沒有恢復的跡象。

「我好像幽靈一樣。」

雖然可以碰到東西，但踩在爛泥巴上不知為何卻沒有留下腳印，鏡子也照不出來。朝名在泥濘不堪的祠堂矮石牆上，環抱雙腿，屈膝蹲下。她連自己此刻是生是死都不知道。

剛才咲彌來過，看得出來他很著急，好像是在找朝名，結果害他擔心了。可是，自己變成現在這副模樣也沒辦法。朝名屏息不動，還在猶豫是否該出聲時，咲彌就離開了。

原本，朝名就打算離開津野家，所以才會先把自己睡的那間房整理乾淨，除了衣服以外，所有借用的物品都擺得整整齊齊還給他們。但自己沒有要不告而別的。

「這樣一來，我成了完全不懂感恩的沒禮貌女人了……」

不過說不定這樣是最好的，就這樣不被任何人發現，悄悄在這裡消逝，所有麻煩事就都解決了。不管是那些同學、天水家、勝井，還是咲彌。

他一開始肯定會擔心朝名，雙眼布滿血絲地尋找自己吧。不過，那種情況不會持續太久的。只要找不到朝名，他終有一天會放棄、忘卻，漸漸變得無所謂。

就像流進大海的水，從此失去自己的形體一樣。

「真討厭……」

明明現在這個狀況對朝名而言是最好的安排，可是湧上心頭的感覺卻是討厭、難過和痛苦這類情緒。

「只要老師和大家，都能保持笑容，過得幸福，那樣就夠了，這樣才對啊。」

不知為何淚水溢出眼眶，眼角湧出一顆又一顆溫熱的水珠，滑過臉頰後滴落，完全停不下來。事到如今才發現自己心中強烈的情感，太遲了。

「好寂寞，我一直好寂寞。我不想再一個人了！」

朝名抽抽噎噎地啜泣，終於吐露真心話。她以為沒有人聽見，不料卻有了回應。

「朝名！妳在那裡嗎？」是咲彌的聲音。

朝名抬起頭，他不知何時來到滿是爛泥的水池畔。他的模樣比幾小時前更狼狽，髮髻散開，身上的長著也歪了，袴的下襬髒兮兮的。他肯定是到處奔波，跑去許多地方都沒找到朝名，最後才又折回來了吧。

「朝名，妳在哪裡？妳要是在，就出來。」咲彌臉上是至今從未見過的焦慮不安，神情又驚又懼。

朝名一想到是自己害他流露出那種驚慌失措的神情，就難受又慚愧到胸口欲裂……可是，他拚命來找自己，她其實高興得不得了。

「我是個遲鈍到無可救藥的男人。如果妳受不了我，磨光了耐性，我也無話可說。」他懺悔般，斷斷續續說著。

「因為我那時候說的話，妳才一個人一直堅守到現在，對吧。我自己都忘得一乾二淨了，不管多麼痛苦，都要笑。」

「……」

「妳一定一開始就發現了對不對？然後，我讓妳背負著那句話孤軍奮戰到現在……對不起，真的對不起。」

「……」

「——對不起，我之前都沒有發覺，妳就是八年前的那個小女孩。」

他想起來了，和朝名初次見面的事。然後，他終於明白，朝名為什麼總是堆出笑容？為什麼說希望咲彌能保持笑容？為什麼希望咲彌遠離天水家？為什麼那麼想要保護咲彌？

朝名無意識地站起身，雙腿劃開混濁的池水表面，像是被吸過去般，一步步往咲彌的方向走去。

「老師。」

朝名一喊，原本目光低垂的咲彌忽然直直地看向這裡。他應該看不見朝名，是聽見聲音了嗎？

「朝名——妳在那裡嗎？」

「……對。」

朝名伸出沒戴手套，那隻有斑痕的左手。如果希望咲彌幸福度日，就不該伸出這隻手。可是，和咲彌重逢後，與他相處的每一刻，讓她看見他各種不同的樣貌。他總會找到朝名，總能理解她。

自己一直以來都是一個人，真的很難熬，寂寞得快死掉了。朝名總算正視到自己真正的心情，她已經沒辦法不伸出這隻手了。

同時咲彌伸出右手，像在空氣中探尋般摸索著，終於碰到了朝名的左手。手的溫暖漸漸滲透了過來，同時朝名的身體逐漸不再透明，開始恢復原狀。

「老師，我才該說對不起……什麼都沒說就不見了，害你擔心。」

「那種事根本無所謂。」

咲彌輕輕抓住朝名的左手，將她的身體拉過來，緊緊抱進懷中。他的懷抱很溫暖，在花香及他身上菸草味的包圍下，朝名感到自己的心跳稍微加快了，整個人放鬆下來。原本快止住的眼淚，現在眼角又發燙起來。

「幸好妳沒事，幸好找到妳了。」

朝名放聲大哭，淚水如決堤般自然地泉湧而出。不曾有一刻像現在這麼放鬆和安心，也不曾因誰的話感到如此踏實。

「老師……老師……」

「都是因為我對妳說了那種話，妳八年來一直努力笑著，很累吧。」

「不會，我是因為有那句話，才能一路撐到今天，才能努力堅強起來，即使面對爸爸和哥哥也沒有失去自己。」

朝名忽地一陣鼻酸，聲音顫抖著。「可是，我其實一直很寂寞。我受夠了躲開大家獨自過活了。」

「嗯。」

「可是，我更討厭老師和朋友因為我的存在受傷，我不想成為老師的累贅。」

「對我來說，妳才不是累贅。我們一起去找，能讓妳和妳身邊的人們，大家都能真心微笑的那條路，妳沒必要一個人承受一切而消失。」

咲彌的話，在朝名聽來太過理想化了。他口中的那條路會長什麼模樣，現在的朝名連想像都想像不出來。可是，自己還是忍不住想相信，就像那時候一樣。

「這次我也會和妳一起面對，我會和妳一起找，所以妳絕不能再默不作聲地消失了。」

「……好。」

朝名的身體已完全恢復原樣，冰冷的泥水滲進鞋中很不舒服，但原本緊繃的心似乎漸漸鬆開了。

「朝名。」

「是、是！」

咲彌又叫了自己一次，朝名稍稍拉開兩人的距離。然後，咲彌用自己的雙手，握住朝名的雙手。

「請妳和我結婚，未來的日子就由我來讓妳一直保持笑容。」

咲彌的目光中有不安在閃動，朝名正面望著他笑了。剛才還感到那麼絕望，現在心情卻是大晴天。

「好，我也希望和老師一起開心地笑。」

太陽不知不覺中高掛天空，金黃色光芒灑落人魚花苑。人魚花苑泥濘不堪，稱不上美麗，但在朝名眼中看來，卻比任何時候都更加耀眼，充滿希望。

◆

黃昏時分的夜鶴女子學院校舍，豔紅的夕陽透進窗戶，和深黑陰影呈現出鮮明的對比。一樓會客室裡咲彌和朝名並肩坐在沙發上，深介則坐在矮木桌的另一側。

老實說，咲彌還在生深介的氣，他也察覺到兩人間劍拔弩張的緊繃氣氛嚇到一旁的朝名了。但是這次他真的克制不了。其實，咲彌是真的打算再也不見深介。

（但因為這是朝名的請求。）

朝名主動說，希望咲彌安排她和深介碰面，咲彌也只好同意了。

「在談話開始前，可以給我一點時間嗎？」

咲彌輕輕舉起一隻手，這麼要求著。他看見朝名點頭後，就站起來。

「深介，你過來這裡。」連他都訝異於自己毫無感情的聲音。

他在距離桌子稍遠處和深介面對面站著，深介的雙眼也定定地注視咲彌。真叫人火大，簡直像他已經明白咲彌要說什麼，早就豁出去了似的。咲彌握緊拳頭。

「朝名，妳閉上眼睛。」

他吩咐正提心吊膽看向這邊的朝名，同時重重踏出左腳，揮出右拳痛揍深介的臉。砰的一聲沉甸甸的聲響後，深介修長的身軀以驚人氣勢飛出去，摔到地上。

「哇啊！」朝名短短尖叫了一聲。

咲彌不顧自己發疼的拳頭，低頭看向蜷縮在地上的深介，開口問道：「深介，你有什麼要解釋的嗎？」

即使把深介揍倒在地，冰冷的怒氣依然完全無法遏制。

「……」

深介一邊撐起上半身，一邊瞥向朝名。他的視線依然銳利，卻少了平時的狠勁。他用右手胡亂抹了抹破皮的嘴角，看見手上的血，皺起眉頭大大地嘆一口氣。「……我不認為自己做錯什麼。」

「這樣啊，看來是教訓還不夠嘍？」

咲彌正要伸手去抓深介的襯衫衣領，朝名馬上大喊「老師！」

「等一下，不可以再動手了。」

咲彌立刻高舉雙手。「開玩笑的啦。」

其實他根本沒在開玩笑，但現在朝名的想法更重要。要是讓她心裡不舒服就沒意義了，所以咲彌雖然還沒消氣，仍舊乖乖按照她的話做。

就在兩人對話時，深介站起身，神情淡漠地拉正襯衫衣領。

深介看著朝名低聲說：「我討厭天水家，也討厭妳。」

而朝名儘管當面被人說討厭，臉上也不見一絲怒氣。她多半是認為，正常人在得知天水家和自己的祕密後，不感到討厭才奇怪吧。她隨時都用冷靜客觀的角度評價自己。

「……咲彌。」

「怎樣？」

「你為了保護那邊那個……她，寧願割捨和我的關係，寧願拋棄自己的人生？你有喜歡她到那種程度嗎？」

一旁的朝名，身體明顯僵硬了。朝名和深介，咲彌最後會選哪一邊？這句話，就是在問這個。

如果是以前，咲彌會毫不遲疑地選擇深介。在咲彌最艱難的日子，他是一直幫助自己的好朋友。可是，朝名也承受著和曾經的咲彌一樣的痛苦，深介卻不願去理解她。別提理解，還對她充滿敵意。

就算沒有咲彌，深介仍有許多親友陪在身邊。可是，如果咲彌現在拋下朝名不管，朝名就變成孤伶伶一個人了吧。她的神情流露出不安，咲彌不想讓她一個人，他想要守護她。

（我決定要成為朝名的力量，就像過去深介對我那樣。）

還有最重要的是，咲彌已經知道待在她身邊有多自在了。

「嗯。我感覺有可能會變得那麼喜歡。」

咲彌笑了，盡量笑得帥氣，笑得耀眼奪目，彰顯強烈的存在感，不讓任何人有多嘴的餘地。咲彌感覺到深介倒抽了一口氣。

「老、老師！」

「我是認真的喔。」

朝名雙頰通紅地輕聲喊他，咲彌則再強調一次。

以她的性格，一定認為咲彌不可能會選擇自己。確實，這世界上好女人多的是。從客觀條件來看，比朝名更好、更優秀的女性多得不勝枚舉吧。可是，令咲彌感到安心的人是朝名。他想守護，想要支持的人也只有她。

聽見咲彌強調的那句話，朝名更加手足無措，連耳根子都紅透了還是開口問：

「認、認認、認真的嗎？」

「對。」

咲彌定定地看向朝名的臉笑了，後腦杓上的髮簪發出清脆的聲響。

深介一直默不作聲地看著咲彌和朝名的互動，最終放棄似地呼出一口氣。

「好吧……」

深介向朝名走近，淺淺低頭致意。

「我說妳是怪物，是我失言。還有，天水家的事也是，出手幫忙勝井子爵那種惡棍，是我不對，抱歉。」

深介做的事，咲彌全調查得一清二楚，也已經告知朝名了。一切都是為了使咲彌和朝名的婚約告吹。

深介找上勝井表示願意提供資金，慫恿他出比先前更高的價格把朝名從天水家買走。勝井提出較之前更高的價格後，天水家認為這比應付難以掌控的咲彌更划算，便重新以讓勝井跟朝名結婚的方向談。天水家的那些男人多麼貪心啊。

同時，咲彌得知連深介都牽涉其中時愕然許久，打從心底看不起他們，一拳果然不夠解心頭之恨。

朝名面對深介，用不流露出任何情感的聲音問：「你這樣做，真的是為了老師嗎？」

朝名完全無意替他辯護，但深介這一連串行動，是出於擔心咲彌才採取的過激行為吧。

不過，反過來想又如何呢？咲彌可以為深介做到這種地步嗎？

就算是為了好朋友花大錢，懷著難以置信的強烈敵意對朝名惡言相向，這些舉動仍感覺不太合理。

朝名靜靜地詢問，深介沒有點頭。「我不會找藉口。」

深介的表情仍舊僵硬，看來就算咲彌和朝名費盡唇舌，他多半也是聽不進去。

朝名挺直背脊，然後臉上浮現出這漫長的八年，她千錘百鍊的笑容。

「我知道了，我接受你的道歉。」

「……謝謝。」

深介擠出這兩個字後，轉身背對兩人，接著拋下一句「先走了」，就直接離開會客室。他最後的表情，誰都沒有看清楚。

咲彌目送原本好友的背影，忍不住憤憤地說：「這傢伙居然說完就自顧自走了，他絕對不認為自己有錯。」

深介只是隱藏自己的想法，看不出真的有在反省，咲彌還是無法原諒他。咲彌忽地看向旁邊，注意到朝名正投來擔憂的目光。

（啊啊！又讓她擔心了。）

和深介絕交，選擇朝名絕對出於咲彌自身的意願，但朝名一定會認為是自己害他和深介交惡而內疚。

「妳又在胡思亂想了吧。」

「哇啊！」咲彌湊過去在極近的距離出聲，朝名整個人跳起來。

「你別嚇我……」

「是妳愁眉苦臉地在想事情。」

呼～咲彌呼出一口氣，然後輕輕撫摸朝名的頭。

「妳不用在意，不是妳的責任。妳沒有做錯任何事。」

「……好。」

「妳這個樣子，我真的很喜歡。」

「什麼？」朝名又嚇了一跳，抬頭看向這邊。但咲彌故意佯裝若無其事的樣子。

（玩笑有點開太大了嗎？）

噘嘴鬧彆扭的朝名真惹人憐愛，咲彌不禁在心中許願，希望她能一直保持這樣情感豐沛的模樣。

◆

隔天，朝名一如往常去學校。她跟之前一樣，和咲彌錯開時間，一個人從津野家來學校。一走進教室，同學們的視線全都一起射過來。

「早安。」

朝名出聲打招呼後，也有幾名同學開朗地回「早安」，這也和平常一樣。可是，朝名把書包放到座位時，突然察覺到不對勁。

（對了，杏子……）

杏子平時總是第一個回應早安，湊到身旁主動和朝名聊天，今天卻不見人影。

朝名感到奇怪，環顧教室一圈，終於發現她的身影。她依然是那張美麗笑臉和同學們說笑著，完全沒有注意這裡的跡象，待在距離朝名座位很遠的地方。

（發生什麼事了嗎？）

自己明明什麼都還沒有說，朝名回想自己有做什麼惹她不高興的事嗎？又轉念一想，難道是她害我受傷，自己心裡也感到尷尬嗎？不過，如果是那樣也沒關係，我自己主動去找她說話吧。

——必須將自己的心情傳達給杏子。

朝名直直朝杏子走過去。「杏子。」

杏子一聽到朝名的聲音，雙肩一顫。接著，轉過來的那張笑臉有幾分僵硬，而且那雙眼睛沒有在笑。

「朝名。」

「那個……」

朝名走近一步，杏子就微微向後退，接著大叫。「不、不要靠近我！」

「咦？」

杏子突如其來的抗拒，連四周的同學也都訝異地看向杏子。這種事至今從不曾發生過，杏子和朝名是大家公認的好朋友，況且完美淑女形象的杏子根本不可能大呼小叫。

杏子接收到眾人的目光，才回神似地睜大雙眼，慌忙恢復正常的神情。

「啊！抱、抱歉，那個……什麼事都沒有。」

「杏子……」

不知道為什麼，杏子好像在躲自己。可是，這不會改變朝名要說的話。

「我有話跟妳說，今天放學後可以單獨聊聊嗎？」

杏子垂下目光，微微點頭。「我知道了。」

那一天不管是下課或午休時間，朝名和杏子都不再交談，連靠近對方都沒有。平時圍著兩人的那些同學全不知所措地妳看我，我看妳，一下找朝名搭話，一下又向杏子攀談，一副如坐針氈的模樣。朝名心裡感到抱歉，但也沒辦法。

放學後朋友們提議要不要她們在場陪同，朝名鄭重拒絕。教室裡的朝名和杏子，相隔一大段距離，面對面站著。

「杏子。」朝名艱難地開口。

只要坦白這件事，說不定就會失去自己重視的朋友。儘管沒辦法老實說出真心話跟祕密，杏子也毫無疑問是朝名重要的朋友。可是，不說就太卑鄙了。因為，這是必須由朝名親口傳達的事。

「杏子，對不起，我沒辦法為妳對時雨老師的心情加油了。」

杏子低垂著頭，看不出是什麼表情。

「我應該要更早一點，應該在一開始就告訴妳，我和時雨老師有婚約。時雨老師對我來說，也是重要的人。所以，我沒辦法為妳打氣，也沒辦法聽妳商量這件事。」

朝名終於清楚地說出來了，她緊張到心臟猛烈跳動，簡直像全身都在一脹一縮般。朝名拚命克制住想逃離現場的衝動，等待杏子的回答。

「……朝名，妳真是有夠認真吔。」

現實中應該只有幾分鐘，感覺上好似已過了好幾十分鐘般漫長的沉默後，杏子斷斷續續地輕聲這麼說。

杏子緩緩抬起頭，表情似乎快哭出來，卻又憤恨地皺著眉。

「妳真的很笨吔。我叫妳為我打氣這種話，妳以為我是真心這樣說的嗎？」

「咦？」

「我早就知道了，妳和咲彌有婚約的事，而且我看見妳從他家出來。」

「欸！」朝名愣在原地，只能呆望著杏子的雙眼。

「朝名，因為妳性格認真，所以我想只要我那樣說，妳應該會很煩惱吧，說不定還會因此退出。」杏子嘴唇顫抖，狠狠瞪著朝名。

杏子一心一意愛慕著咲彌，而朝名傷了她的心。

「我比妳更早，從很久以前就一直喜歡咲彌，我愛他。所以，就只有認真這個優點，又看起來對咲彌沒什麼興趣的人，居然要和他結婚，我不能接受。」

「杏子，我……」朝名想道歉，往前踏出一步。

可是，杏子和今天早上一樣後退，和朝名保持距離。

「妳別靠近我。」

「為什麼？」

「我看到了，妳手上的傷一瞬間就癒合了。」

朝名的身心都結凍了，渾身發冷，動彈不得。

「我把這件事告訴很在意妳跟咲彌的火之見先生，結果他說妳是怪物。」

現在回想起來，那時候的深介非常肯定地叫她「怪物」，如果不是知道人魚之血女子的體質，就不會這樣叫她。人魚之血女子的情報，照理說是沒辦法光靠傳聞就能確定的，恐怕是他在學校和咲彌碰面時也見到了杏子，而杏子提供的訊息成了關鍵。

「我該怎麼做才好呢？我恨妳，妳搶走咲彌，我沒辦法原諒妳。而且，妳很可怕！」杏子聲音發顫，雙手掩住臉。

朋友親口說出「沒辦法原諒妳」、「妳很可怕」這些話，深深刺傷朝名的心。

（原來……）

朝名這才第一次發現，自己能以普通人身分生活的學校，和杏子這群朋友帶給自己的安心感，比自己原本以為的還要多。眼眶發熱，胸口劇痛，好痛苦也好難受，這遠比只是被罵怪物還難受得多。

（可是，我不能哭，因為我沒有哭泣的資格。）

站在面前的杏子正在啜泣，對著什麼都說不出口的朝名，她帶著哭音說：「朝名，我恨妳。可是，我明明喜歡妳的認真，喜歡妳沉靜老成的特質，我明明把妳當成最好的朋友。」

「我也是……」

朝名握緊拳頭，不明白自己滲出的眼淚是否出於悲傷，但她拚命忍著。朝名懷著幾乎要滿溢而出的情感，說出真心話，「杏子，我也把妳當成重要的朋友。」

杏子的臉整個皺成一團，然後轉身跑出教室。她最後看向朝名的那一眼滿是淚水，眼神中流露出的是惆悵與遺憾。

朝名整個人蹲下來，自己和杏子再也沒辦法像從前那樣要好了。雖然不知道杏子從深介那裡聽到了多少，但至少她已經知道朝名的體質了。就算知道我是怪物妳也要接受，這種話朝名實在說不出口。

儘管如此，朝名依然盼望總有一天能和杏子再一次歡笑。

（我可以相信嗎？懷抱著一點點希望是可以的嗎？）

即使自己傷害了杏子，即使自己是欺騙大家的怪物，朝名只能一動也不動地蹲在原地。

◆

咲彌要去朝名的教室，緩步走上階梯。朝名說放學後要和杏子單獨談話，他有些掛心，想去看看她的情況順便接她回家。她沒說細節要談什麼，多半不是咲彌應該深入追問的事。

他爬完階梯，沿著空無一人的走廊前進，朝名的教室就在眼前。可是，咲彌在那裡撞見一名少女。

「妳是……」少女擋路般逕自站到他面前，咲彌也停下腳步。

「時雨老師，我叫做湯畑智乃。」

智乃擺出一副傲嬌的表情，優雅低頭致意。她還透著幾分稚氣，言行舉止卻十分落落大方。咲彌愣愣地站在原地，智乃射來一道銳利的目光。為什麼會在她身上感受到一種類似敵意的東西？

「時雨老師，聽說你和朝名姐姐有婚約？」

「咦？嗯……那個妳從哪裡聽來的？」

「那種事無關緊要。」

咲彌疑惑地問，但她果決拒絕回答。咲彌還在想她要幹麼時，智乃伸出手指向咲彌繼續說：「你給我聽好了，你要是傷了我家姐姐的心，哪怕只是一丁點，我都會去找你算帳。」

「……」

「要是不收斂一下你的花心，不曉得會害姐姐多傷心。實際上，現在也是……」

下一刻智乃痛心疾首般皺眉，垂下目光。不過，又立刻直直地看向他。

「總之，你聽懂了吧，拜託你別因為心猿意馬而害姐姐哭泣。」

智乃單方面宣告，也不聽咲彌回應，就立刻從旁邊走過，步下階梯。

（這到底是什麼情況？）

她仰慕朝名這很明顯，但這名少女讓人感覺有點麻煩。自己連反駁的機會都沒有，劈頭就被教訓一頓，心裡隱約有些不痛快。

「唉。」

咲彌嘆口氣，才又繼續向朝名的教室走去。他從敞開的門口探頭看教室，朝名抱著雙腿蹲在地上的身影映入眼底。

「朝名。」

聽見咲彌呼喚的聲音，纖瘦的肩膀震了一下。

她是在哭嗎？咲彌靜靜走近，在他開口前，朝名就迅速站起身，轉過頭來。

「老師，對不起。你等很久了嗎？」

「不，沒事。我沒在等。」

朝名雙眉下垂，臉上是稍顯脆弱的笑容。不過，她的眼睛沒有哭過的痕跡。看她蹲在那裡的模樣，應該是發生什麼事了。不過，朝名很擅長隱藏自己的心情。

「妳還好嗎？」

咲彌還是忍不住問了。他不知道還可以說什麼，而且嘴巴在他深思前就自己動了。不過，朝名露出和平時一樣的微笑，咲彌還以為她會臉色一黯。

「老師，你不能太縱容我。」

「我沒有在縱容妳啊。」

「有啊，你這樣問就會讓我又想依賴你。老師，你要回家了嗎？」

「工作還剩下一點點。妳呢？時間還早，妳要去那裡嗎？」

朝名思索片刻後回答：「我要去。因為大雨後變得亂七八糟的，我想去整理一下。」

咲彌想起模樣悽慘的人魚花苑，要讓人魚花苑恢復原貌，肯定是一番大工程。咲彌在內心暗自決定，要再過去幫忙。

後來，兩人走到教職員辦公室附近。朝名話很少，但路上她突然斷斷續續地輕聲說：「老師，我好像有點懂你的心情了。」

「我的心情？」

「因為是朋友，所以想相信對方的心情。」

她是在講咲彌因為深介而說的那句話吧。朝名和咲彌身上都有不可告人的祕密，親密好友並不多。兩人的境遇有幾分相似，因此能互相理解。

正因為是重要的朋友，所以才不想失去，才希望對方會懂，才想相信終能等到如願的那一天。就連咲彌也希望和深介還是朋友，只是終究無法對他的行為釋懷。

（朝名和杏子也……）

朝名和咲彌都沒辦法過上普通的生活。家族糾葛和自身宿命無時無刻不纏繞著兩人，沒有自由也難以信任他人。好不容易才在這種艱難的處境中，遇見了自己能夠相信，也想要相信的人，卻不得不分道揚鑣，真的很煎熬。

「工作結束後，我去找妳，我們一起回去吧。」

她多年來孤伶伶地獨自受苦，此刻依然在承受痛楚，真想幫她打打氣，咲彌只是單純這麼想。

（來找找看有什麼是我能做的。）

然後，希望終有一天，朝名和他都能擺脫命運的束縛，以一個普通人的身分在人生中前行。第一步就是要改變天水家，那些準備工作已來到最後階段。

（說起來，要什麼時候告訴朝名，我的另一個職業呢？）

咲彌看向身旁的少女，這時她剛好抬眼看向這邊，兩人四目相接，朝名輕輕一笑的神情令咲彌的心漏跳一拍。

不知為何，咲彌有種彷彿會深深陷進去般——好似開心，又像是不安——的複雜心情，他感受著這種心境，回以微笑。

終章

——我有東西要給妳，妳今天待在人魚花苑。

因為今天早上咲彌這樣說，於是朝名放學後就一個人在人魚花苑，等待他的到來。朝名目前依然借住在津野家，所以要給她東西的話在家裡也可以啊？朝名雖感到納悶，但反正她原本就打算去人魚花苑，也就聽話地點頭。

人魚花苑仍有一些大雨侵襲過的痕跡，朝名每天都會去整理，但池水略微混濁，好幾處草叢連泥土都翻出來了。山茶花樹下方的樹幹也都黏著一層乾掉的泥巴，染成淺咖啡色了。

再過一陣子就是梅雨季了，應該也會再被雨水沖刷掉吧。睽違多日，朝名終於又在水池中央的祠堂石牆鋪上手帕以避免弄髒袴，坐了上去。

好半晌，她就出神地凝視亮晶晶的水面。朝名必須去解決的事多到數不清，因此，她想著最近有必要再回天水家一趟。

不過，不是要回到過去那種只是被圈養著的狀態，她要光明正大地做為天水家的一員活下去。

咲彌說，他會一輩子陪著自己。不管是出於什麼樣的理由，既然咲彌說要支持朝名，那朝名同樣會用自己的一生持續回報他的恩情，努力不懈以確保他不會陷入不幸，心懷對兩人能在一起的感謝。

不久後，咲彌來了。他懷中抱著好幾個花盆和鏟子。

「抱歉，妳等很久了吧。」

「老師，你去做什麼了？」朝名急忙離開水池，赤腳走近咲彌。

咲彌把懷中的空花盆放到地面，從裡面取出一個小袋子，給朝名看裡面。袋中裝滿一粒粒好似黑色豆子的東西。

「種子？」

朝名側頭問，咲彌點頭。

「對，這是朝顏的種子喔。」

「朝顏……」

「我想說把這些種子撒在花盆裡，種在這裡應該不錯。」

在這座人魚花苑種朝顏，種山茶花以外的花。朝名求之不得，在這裡種下有始也有終的花，而不只是永遠都會綻放的花朵，光想像就令人感到期待。

「好棒，我想種種看。」

「太好了。」

「不過，為什麼是朝顏？」

雖然朝顏是夏天開花，現在這個季節播種確實正合適，但應該有什麼理由吧。聽見朝名的疑問，咲彌微笑回答：「朝名，妳之前說過沒有喜歡的花，對吧？」

「對。」

為什麼會忽然提起這件事呢？朝名納悶點頭，咲彌接著問：「妳知道朝顏的別名嗎？」

「不知道……」

「朝草⓬。換句話說，就是妳的花。」

朝名想都沒想過——自己的花——這種事。山茶花是代表八百比丘尼的花，是代表天水家的花。在朝名看來，就像是一道詛咒。

「我的……」

「老是只看山茶花，會愈看愈鬱悶吧。我想說反正都要種，不如讓妳欣賞跟妳同樣名字的花，還有這個也給妳。」

咲彌伸手進懷中摸索，取出像是一條精巧的緞帶，而且仔細一看，上面有朝顏的刺繡。

「請。」

朝名靜靜收下，她沒辦法抬起頭，整個人說不出話來。就像那雙蕾絲手套，只有那雙手套一直都是屬於朝名的東西。咲彌總是會給朝名，專屬於她的東西。

咲彌肯定不知道，光是這樣對朝名來說有多麼重要，令她多麼開心。他對待朝名的方式，總是讓朝名只是天水朝名，而不是人魚之血女子。

「謝、謝謝你，老師……」

「怎麼了，妳哭是太討厭了嗎？」

朝名聲音哽咽，顫抖地道謝，咲彌則顯得很困惑。

「不、不是！我只是很開心。」

「那就好，只要妳發自內心地笑，我就滿足了。」

朝名拚命搖頭，咲彌略微害羞地說。

這個季節罕見的涼爽微風吹拂過人魚花苑，山茶花的葉片唰地因徐風輕拂而發出聲響。

朝名凝視著剛收到的緞帶和袋子裡的種子，如果這些種子發芽、茁壯，綻放出如同這條緞帶上刺繡圖案的花朵時，一切能歸於平靜就好了。

失去的很多，但再建立新的就好。兩人自然而然地對望，然後輕輕笑了。

⓬朝草：朝名的日文平假名也是「あさな」（a sa na）。

後記

回歸初心之作

各位新朋友和老朋友，大家好。我是顎木あくみ，非常感謝你翻閱這本書。

老朋友們說不定會覺得，「欸欸，這種時候妳通常不是會開始講一些更無厘頭的話，這次不說了嗎？」不過，因為我是第一次在文春文庫出書，所以我打算稍微裝得正經些。別擔心，我應該很快就會露出馬腳的。

我很喜歡和風主題，印象中曾在出道作的後記裡寫過這件事。我喜歡日本文化，喜歡和風的東西，靜謐中隱約透著昏暗色彩和憂愁迷惘，綠意盎然大自然的香氣，這種獨特的氛圍我很喜歡。

這次文春文庫的編輯提出邀請，老實說我的真心話是，「我寫得出適合在文春文庫出版的作品嗎？」我平常的作品風格，就是佯裝成熟穩重的自晦年輕人，而且因為我在寫作資歷尚淺時就出道了，遇上很多困難，差點失去自信。

不過，接到這次邀約到提出企劃為止——經過大約一年的思索，我發覺到一件重要的事。那就是，回到初心。

我喜歡的東西，喜歡的事是什麼？當初是以什麼樣的心情開始寫小說的呢？每天忙得團團轉的日子裡，不知不覺就把這些都忘記了。

——啊啊，我喜歡和風，喜歡不可思議的東西，喜歡恐怖的事物。我是想要把這些自己喜歡的東西，按照自己喜歡的方式表現出來，才開始寫小說的。

既然這樣，就來寫一個和風且帶有奇幻色彩、有點詭異但又美麗的故事吧。我原本就喜歡人魚和八百比丘尼這類題材中「不老不死」的意象，加上十分符合這次的主題，我就用進來了。那種微微帶一點血腥色彩的味道，詭怪又神祕的內容很棒吧。

此外，我在擬定企劃內容時，還把西方人魚公主無法實現戀情的淒美感也放進去了，最後營造出的氛圍大家還喜歡嗎？

這樣說好像很輕鬆，實際動筆時費了相當多心血。回到初心，但用提升過的能力來編織故事。我努力思索，經過多次修改，從接到邀請到實際出版居然過了快三年……

儘管這本書的寫稿工作是和其他系列的連載並行，但真的沒想到會花這麼長的時間，真的有種從頭磨練毅力的感覺。如果能升級成「NEW 顎木」或「改版顎木」就好了。不忘初心，磨練技術，我能做的就只有不斷精進自身。

拉拉雜雜寫了一大堆，看到這裡的讀者心裡八成在想，「果然不像文學書的風格，是篇很發散的後記啊」。畢竟一個人的本質是不會那麼輕易就改變的……

最後，這篇後記要以感謝收尾。首先是文春文庫的編輯，很感謝您給我這次機會在這麼優質的出版社出書。我的不成熟想必給您添了許多麻煩，但您在面對我和作品時都非常用心，我充滿感激。

然後是繪製封面插圖的花邑まい老師，我以前就知道老師的大名了，很喜歡老師的作品！我興奮不已地欣賞插圖，為其美麗著實激動了好一陣子，真的很感謝您。

最需要感謝的是，拿起這本書的各位讀者。我能像這樣持續出書，都是靠各位的支持。剛開始寫小說時，我根本無法想像自己能有這一天。我衷心感謝各位的恩情，真心渴望能帶給大家一段愉快的閱讀時光。

那麼，下次見。

顎木あくみ

國家圖書館出版品預行編目資料

人魚的泡沫之戀 . 1, 紅鱗傳說 / 顎木あくみ作 ;
徐欣怡譯 . -- 初版 . -- 臺北市 : 三采文化股份有
限公司 , 2025.06
面 ;　公分 . -- (LiGHT 新世界 ; 21)
ISBN 978-626-358-694-9(平裝)

861.57　　　114005704

suncolor 三采文化

LiGHT 新世界 **21**

人魚的泡沫之戀 1：紅鱗傳說

作者｜顎木あくみ　插畫｜花邑まい　譯者｜徐欣怡
編輯二部總編輯｜鄭微宣　專案主編｜李嫜婷
美術主編｜藍秀婷　封面設計｜莊馥如　版權協理｜劉契妙
內頁排版｜陳佩君　校對｜黃薇霓

發行人｜張輝明　總編輯長｜曾雅青　發行所｜三采文化股份有限公司
地址｜台北市內湖區瑞光路 513 巷 33 號 8 樓
傳訊｜TEL: (02) 8797-1234　FAX: (02) 8797-1688　網址｜www.suncolor.com.tw
郵政劃撥｜帳號：14319060　戶名：三采文化股份有限公司
本版發行｜2025 年 6 月 27 日　定價｜NT$400

suncolor

suncolor